अंकिता जैन की ये कहानियाँ

—ममता कालिया—

सचमुच युवा रचनाकार अंकिता जैन की नवीनतम कहानियों पर लिखते समय उम्मीद और उमंग के भाव आ रहे हैं। छोटी-सी उम्र में इस लेखिका ने अब तक काफ़ी काम कर डाला है। जहाँ नए मीडिया में अपनी तगड़ी उपस्थिति प्रविष्ट की है, वहाँ लिखित इलाके से भी अपनी तीसरी पुस्तक के साथ हिन्दी-दरवाज़े में पुनः प्रवेश कर रही हैं। इसके अलावा उनका अंग्रेज़ी उपन्यास 'The Last Karma' 2015 में आ ही चुका है।

अंकिता जैन ने भाषागत विभाजन को बेमानी करार दिया है। वे हिन्दी-अंग्रेज़ी दोनों भाषाओं में आवाजाही करते हुए सिद्ध कर देती हैं कि ये कोष्ठक दृष्टि-निर्मित हैं, सृष्टि-निर्मित नहीं। तरह-तरह के विषयों के पठन-पाठन से गुज़रते हुए अंकिता जैन ने यह पहचान लिया है कि यह एक-रेखीय समय नहीं है। वे न केवल समय की धकापेल देख रही हैं बल्कि वे साथ ही समय का शीर्षासन भी देख रही हैं। प्रस्तुत कहानियों में उन्होंने इस गड़बड़ी को पकड़ने की बारम्बार कोशिश की है। वे पाती हैं कि इस औंधे समय में जो मज़हबी नहीं है, उसे मज़हबी भीड़ रौंद डालती है, जो पागल नहीं है, उसकी मौत को पागल की मौत घोषित कर दिया जाता है।

अंकिता जैन की कहानियों का विषय-विस्तार व्यापक है और दृष्टि समझदार। युवा हैं लेकिन समाज-विमुख नहीं हैं। हर कहानी परिवेश के बीचोबीच से उठती है और परिवेश के अंतर्गत सहमति या असहमति के बिन्दु पर समाप्त होती है। कहने का कला कौशल इस रचनाकार के पास है। तभी इन्हें अन्तर्राष्ट्रीय कहानी लेखन में पुरस्कार भी मिल चुका है।

अंकिता जैन की आगामी सम्भावनाओं के लिए शुभकामनाएँ।

बहेलिए

अंकिता जैन

राजपाल

स्थापित 1912
100 वर्षों की
श्रेष्ठ प्रकाशन परम्परा
राजपाल

ISBN : 9789389373158

BAHELIYE (Stories) by Ankita Jain
आवरण चित्र : अनुप्रिया

राजपाल एण्ड सन्ज़
1590, मदरसा रोड, कश्मीरी गेट, दिल्ली-110006
फोन : 011-23869812, 23865483, 23867791
e-mail : sales@rajpalpublishing.com
www.rajpalpublishing.com
www.facebook.com/rajpalandsons

मेरी माँ की बुआ
गजरा देवी के लिए समर्पित,
जिन्होंने
एक सशक्त स्त्री होने के
सही मायने सिखाए

स्त्रियाँ,
जो पढ़ना चाहती हैं राजनीति
और अर्थशास्त्र भी
मगर सिमट जाती हैं
सुशील मसालों से पेट,
सुंदर आलेपों से तन,
और सभ्य आचरण से घरों को भरने की किताबों में,

स्त्रियाँ,
जो बनना चाहती हैं सोलो-ट्रैवलर
या महज़ टूरिस्ट भी
मगर सिमट जाती हैं
सासरे से मायके तक की रेल में
और छुट्टियों में, जो मिलती हैं
बतौर रिश्तेदारों या फ़ैमिली वेकेशन्स के नाम पर,

स्त्रियाँ,
जो बोलना चाहती हैं
हर मज़हबी-ग़ैर मज़हबी लड़ाई,
और दंगे-फसादों पर भी
उठाना चाहती हैं सवाल संस्कारों और धर्म ग्रंथों पर,
मगर सिमट जाती हैं
छठ, करवाचौथ और वट वृक्षों से लिपटी लाल डोरियों में,

स्त्रियाँ,
जो लेना चाहती हैं अवकाश
सिर्फ़ सोचने, समझने और लिखने के लिए
जीना चाहती हैं उस एकांत को
जिसे महज़ पढ़ती हैं काल्पनिक किताबों में,
मगर सिमट जाती हैं,
माहवारी की छुआ-छूत में

पूजाघर और रसोई की देहरी तक,
कमरे में पति से अलग मिले बिस्तर
और बर्तनों पर लपेटी जा रही राख तक,

स्त्रियाँ,
जो मिटाना चाहती हैं
अपने माथे पर लिखी मूर्खता,
किताबों में उनके नाम दर्ज चुटकुलों,
और इस चलन को भी जो कहता है,
''यह तुम्हारे मतलब की बात नहीं''
मगर सिमट जाती हैं
मिटाने में
कपड़ों पर लगे दाग,
चेहरों पर लगे दाग,
और चुनरी में लगे दागों को,

स्त्रियाँ,
जो होना चाहती हैं खड़ी
चौपालों, पान ठेलों और चाय की गुमटियों पर
करना चाहती हैं बहस
और निकालना चाहती हैं निष्कर्ष
मगर सिमट जाती हैं
निकालने में
लाली-लिपस्टिक-कपड़ों और ज़ेवरों के दोष,
कौन हैं ये स्त्रियाँ?
क्या ये सदियों से ऐसी ही थीं?
या बना दी गईं?
अगर बना दी गईं तो बदलेंगी कैसे?
बदलेंगी... मगर सिर्फ़ तब
जब वे ख़ुद चाहेंगी बदलना
सिमटना छोड़कर।

क्रम

भूमिका

ज़रा यहाँ ठहरकर आगे बढ़िए...

राहुल सांकृत्यायन अपनी किताब *वोल्गा से गंगा* में छह हज़ार वर्ष पुरानी जिन स्त्रियों एवं मातृसत्तात्मक परम्परा का चित्रण करते हैं वह आज के समय से न सिर्फ़ भिन्न है बल्कि एक असंभव आश्चर्य-सा प्रतीत होता है। यदि किसी समय में वाकई स्त्रियों की सत्ता थी तो आज स्त्रियाँ इतनी पराधीन क्यों नज़र आती हैं?

काल परिवर्तन में ऐसा क्या घटा होगा कि दशा पूर्णतः विपरीत हो गई। अब पग-पग पर निराले तरीकों से स्त्रियाँ न सिर्फ़ ठगी जाती हैं बल्कि चहुँओर बिखरे बहेलिए उन्हें अपने पिंजरे की बुलबुल बनाने के स्वप्न देखते हैं। जो आगे बढ़ रही हैं वे भी और जो पीछे छूट जाती हैं वे भी, सभी पर किसी-न-किसी तरह नकेल कसने की कोशिश की जाती है।

यूँ तो समय बदल रहा है, अब स्त्रियाँ अपनी पहुँच फ़ाइटर प्लेन उड़ाने तक बना रही हैं। पर क्या वाक़ई समय पूरी तरह हमारे लिए बदल गया है? या हमने आँखें भींच ली हैं कि दुर्दशा नहीं सिर्फ़ अंजुल भर तरक्की से ही खुश हो लेंगे?

यह कहानी संग्रह उन सभी स्त्रियों की कहानी है जिनके जीवन में बहेलिए आए, उन्हें कैद करने की कोशिश भी की, मगर क्या वे कैद हुईं? यह आप कहानियाँ पढ़कर ही जानेंगे। वे बहेलिए किस रूप में उन्हें मिले यह भी मैंने पाठकों पर छोड़ दिया है। मैंने किताब में कोई निर्णय नहीं दिया, न ही किसी को कठघरे में रखा।

यह ज़रूरी नहीं कि इन कहानियों में बहेलिए सिर्फ़ पुरुष ही हों, स्त्रियाँ ख़ुद भी पितृसत्ता को ढोते-ढोते अब उसका अभिन्न अंग बन गई हैं। वे स्वयं भी कई जगह ऐसा कर गुज़रती हैं जो शायद उनका अपना स्वभाव नहीं है।

इन कहानियों के सभी किरदार इसी देश में कहीं-न-कहीं जीवंत हैं, यदा-कदा हमसे टकराते भी हैं बस हम इस सबके इतने आदी हो चुके हैं कि हमें अब

उन किरदारों में कुछ भी नया-सा नहीं लगता है। यह सब जीवन का हिस्सा बन चुका है। मैं जब इन किरदारों से मिली तो भीतर एक बेचैनी बैठ गई, जो तब तक शांत नहीं हुई जब तक उन किरदारों को इन कहानियों में नहीं उतार दिया।

मैं अपनी माँ, पापा और बहन की शुक्रगुज़ार हूँ कि वे हमेशा मेरी हिम्मत बने रहते हैं। मैं अपने पति समर्थ की भी शुक्रगुज़ार हूँ जो मुझे अनवरत लिखते रहने के लिए प्रेरित करते हैं। साथ ही परिवार के अन्य सभी सदस्यों एवं मित्रों की भी शुक्रगुज़ार हूँ जो किसी-न-किसी रूप में मेरे लेखन का हिस्सा रहे।

मैं वरिष्ठ लेखिका ममता कालिया जी को भी कृतज्ञता अर्पित करना चाहती हूँ कि उन्होंने मेरे लेखन में विश्वास रखा। अपने कीमती समय से समय चुराकर कहानियाँ पढ़ीं और उन पर आशीषस्वरूप शब्द प्रस्तावना लिखी।

उम्मीद है ये कहानियाँ आपके मन को छू पाएँगी। मुझे आपकी प्रतिक्रिया का इंतज़ार रहेगा।

30 नवम्बर 2019

—अंकिता

postankitajain@gmail.com

मज़हब...

कुछ जेठ की गर्मी का असर है, कुछ माहौल का कि बाहर बिलकुल सन्नाटा है। भरी दोपहरी में भी आधी रात जैसा सन्नाटा। इस चीरते सन्नाटे के बीच, एक जूली का मन ही है जहाँ हलचल मची हुई है। चिंताओं की हलचल। डायनिंग टेबल की कुर्सी पर बैठी जूली अपनी बेटी तृषा को तैयार होते देख रही है, जो उसके सामने खड़ी बैग में अपना सामान जाँच रही है।

''बीपी मशीन, स्टेथस्कोप, मेडिसिन किट और ड्रेसिंग किट...ड्रेसिंग किट कहाँ रख दी अब...'' तृषा इधर-उधर खोजती उससे पहले ही जूली ने उसके बैग के नीचे दबी ड्रेसिंग किट को उसके हाथ में रखते हुए पूछा—

''आज छुट्टी नहीं ले सकती क्या?''

''मम्मी आप जानती हैं, यह ज़रूरी है।'' तृषा ने जूली के गालों को चूमते हुए कहा, ''डोंट वरी मैं उस रास्ते से नहीं जाऊँगी,'' कहते हुए वह जाने लगी तो जूली ने रोका, ''अच्छा गर्मी बहुत है, ये प्याज रख ले जेब में,'' उसकी जींस की जेब में प्याज खोंसते हुए जूली ने कहा तो वह मुस्कुरा दी। फिर जाते हुए कहा, ''मैं डॉक्टर हूँ मम्मी...''

सुनकर जूली ने कहा, ''और मैं माँ हूँ''।

बेटी को विदा करके जूली दो मिनिट सुस्ताने बैठी ही थी कि मोबाइल बज उठा।

''बोलो वीनस...'' जूली ने झुँझलाते हुए कहा।

''सिस्टर जल्दी ड्रेसिंग रूम में पहुँचिए...इमरजेंसी कॉल है,'' वीनस ने कहा और जूली का 'ओके' सुनते ही फ़ोन काट दिया।

जूली को न जाने कैसे पता था कि आज इस तरह के फ़ोन कॉल ज़रूर आयेंगे। बाहर के माहौल को देखते हुए आज मरीज़ों का तांता न लगे ऐसा

हो ही नहीं सकता। इसलिए तो वह अपनी बेटी के लिए चिंतित है। उसी की चिंताओं में उलझी, 'पहुँची होगी कि नहीं', 'ठीक तो होगी ना' सोचती हुई जूली ड्रेसिंग रूम की तरफ़ बढ़ी जा रही है। ड्रेसिंग रूम के करीब पहुँचते ही उसे अपने अंदाज़े के मुताबिक़ कुछ तड़पते-कराहते लोगों का हुजूम दिखने लगा है। किसी की फटी शर्ट से उसकी ज़ख़्मी छाती झाँक रही है। कोई अपने सर पर खून से सना रूमाल रखे बहते खून को रोकने की कोशिश कर रहा है। कोई घुटने को थामे है, कोई हाथ को सँभाले है। जो ज़्यादा ज़ख़्मी हैं उन्हें स्ट्रेचर ऑपरेशन थिएटर की तरफ़ ढो रहे हैं। कितनी पीड़ा बिखर गई थी हर जगह, इतनी तकलीफ़ देख किसका मन नहीं पसीजेगा। जूली भी कराहने की इन आवाज़ों से तड़प उठी थी, मगर जब-जब उसके मन में इस दुर्घटना की वजह कौंधती तो वह गुस्से से भर उठती, 'इसी लायक हैं ये लोग' सोचती हुई वह ड्रेसिंग रूम में दाख़िल हुई जहाँ पहले से एक मरीज़ कराह रहा है।

"आह...जल रहा है सिस्टर," ज़ख्मों पर टिंचर लगाती जूली से मरीज़ ने तड़पते हुए कहा।

"उस टाइम पेन नहीं होता तुम लोगों को...क्यों करता है ये सब दंगा फ़साद," जूली ने डाँटते हुए कहा।

"तो क्या करें...वो मारें और हम चुपचाप पिटते रहें...उन्होंने हमारे एक लड़के को मार डाला...और हम चुपचाप देखते रहें..." मरीज़ ने यह कहा जूली से था लेकिन उसकी आवाज़ में वही आक्रोश झलक रहा था, जो कुछ देर पहले दंगे में लड़ते वक़्त उसके पूरे तन-बदन में था।

"तुमने देखा मारते हुए? लाश मिल गया? लड़का कौन था?"

"नहीं लाश अभी नहीं मिला...हमें तो मैसेज आया था तो हम चले गए।"

"मैं जानती है...तुम लड़का लोग बस दंगा करने के लिए तैयार बैठा रहता है। तुम तो लड़के को जानता भी नहीं होगा? बोलो जानता है?" जूली ने घाव पर दवाई लगाते हुए कहा।

"नहीं जानता...नहीं भी जानता तो क्या हुआ...था तो मुसलमान...मेरा भाई...साले कहते हैं उनकी लड़की भगा रहा था...अरे थू है ऐसी जात पर...इन काफ़िरों की लड़की का हम क्या करेंगे?" लड़के ने फिर तैश खाकर कहा। उसे याद नहीं रहा कि वह ऐसी नर्स के सामने बैठा है जो मुसलमान नहीं है

और उसी वजह से वह भी काफ़िर ही है।

''आह...'' जूली ने मरीज़ के घाव पर ज़ोर से पट्टी बाँधते हुए कहा।

''तुम लोग कभी नहीं सुधरेगा...नेक्स्ट,'' जूली ने गुस्से में मरीज़ को जाने का इशारा किया और अगले मरीज़ को बुलाने के लिए आवाज़ लगाई।

''तुम भी मुसलमान है?'' जूली ने अगले मरीज़ से, उसका घाव देखते हुए पूछा।

''नहीं...मैं हिन्दू हूँ...'' मरीज़ की आवाज़ से हिन्दू होने का गर्व टपककर उसके ही ज़ख्म पर लगा तो वह चीख उठा, ''आह...धीरे कीजिए सिस्टर।''

''जब लड़ता है तब नहीं सोचता, इस तकलीफ़ के बारे में...'' जूली ने दवाई लगाते हुए कहा।

''क्या सोचते...वो हरामी हमारे शिव मन्दिर में गौ-माता का माँस फेंक जाएँ और हम चुपचाप बैठे रहें...उनकी तो...माँच...'' कहते-कहते मरीज़ को याद आया कि वह किसी ऐसी महिला के सामने बैठा है, जिसके सामने सलीके से पेश आया जाता है।

''तुमने देखा उनको गौ-माँस फेंकते हुए?'' जूली ने पूछा।

''नहीं देखा तो क्या हुआ...हमारे पंडत जी झूठ बोलेंगे क्या? सावन का पहला सुमवार है...इन लोगों को बस मौका चाहिए लड़ने का...इनकी जात ही ऐसी है...साले आतंकवादी कहीं के...ये तो इस देश में रहने लायक ही नहीं...उस हर्ररा...आऽऽह'' जूली ने फिर ज़ोर से पट्टी बाँधी तो मरीज़ तड़प उठा। उसे समझ आ गया था कि गाली बकने और गन्दा बोलने की वजह से ही सिस्टर ने जानकर उसके घाव पर पट्टी ज़ोर से बाँधी है।

''गॉड को थैंक यू बोलो कि ज़िंदा बच गए...अगली बार थोड़ा दिमाग से काम लेगा तो बच जाएगा...वरना अपना माँ-बाप को रोने के लिए छोड़ जाएगा...'' जूली ने उसके माथे की खरोंच पर दवाई लगाते हुए कहा।

''गॉड को क्यों बोलेंगे...। शिव जी को बोलेंगे...। वैसे सिस्टर आप भी शक्ल से क्रिश्चियन तो नहीं लगतीं,'' मरीज़ ने कहा। जूली ने उसकी आँखों को अपने चेहरे पर पाया। जूली झेंप गई जैसे उसे किसी ने पहचान लिया हो। फिर अगले ही पल मरीज़ को हड़काते हुए बोली, ''मैं कौन हूँ उससे तुमको क्या? हिन्दू न हुई तो मुझे भी मारेगा क्या?...नेक्स्ट'' जूली ने इसे भी बाहर

का रास्ता दिखाते हुए अगले मरीज़ के लिए आवाज़ लगाई।

पूरे हॉस्पिटल में यहाँ-वहाँ ज़ख़्मी दंगाई भरे पड़े थे...सिस्टर जूली एक-एक करके सभी की मरहम-पट्टी करती जा रही थी और उनकी कहानी सुनती जा रही थी, मगर अब तक जूली को दोनों ही पक्षों के आरोपों का कोई चश्मदीद नहीं मिला था। सबने सुनी-सुनाई बातों पर, अपने पंडित और मौलवी के कहने पर, व्हाट्सऐप पर आए फ़ॉर्वर्डेड मैसेज पर भरोसा करके ही हाथों में चाकू, हंसिया, कुदाली, हॉकी, बन्दूक थाम ली थी। और कूद पड़े थे उस आग में जिसमें इन्हें जलना था। बिना मकसद। बिना उद्देश्य। 'यह कोई नयी बात तो नहीं', जूली ने सोचा। 'यह लड़ाई तो हमेशा से ऐसी ही होती आई है। बिना मकसद। बिना उद्देश्य।'

"हिन्दू, मुस्लिम, सिक्ख, ईसाई, आपस में सब भाई-भाई...ये लाइन बचपन में सबने रटी ज़रूर लेकिन न किसी को याद रहती है। न कोई अमल करता है। करे भी क्यों। रटने से कोई भाई-भाई बन जाता है क्या? आप अपने भाई या बहन से दिन में कितनी बार 'तू मेरा भाई है' बोलते हैं? वहाँ शायद बोलने की ज़रूरत नहीं होती। आप मानते हैं इसलिए बोलते नहीं। जहाँ मानते नहीं वहीं बोलकर दिखावा करने की ज़रूरत होती है," जूली न जाने किससे कहे जा रही थी। शायद ख़ुद से ही। या शायद अपने अम्मा-बाबा से। या शायद अपने गाँव के उन लोगों से जो बाईस साल पहले यह मान चुके हैं कि जूली मर चुकी है। मगर जूली मरी नहीं थी। बस उसे मरा हुआ मान लिया गया। ऐसी ही किसी धार्मिक जंग में जिसके लिए अम्मा-बाबा जूली को ही दोषी मान बैठे थे।

आज ये सिस्टर जूली, नगड़ी में हुए हिन्दू-मुस्लिम दंगे में फिर कोई जूली ढूँढ रही है। मरीज़ों का तांता कम हो गया है। जूली ने साथी नर्स को ज़िम्मा सौंपकर कुछ देर की छुट्टी माँगी है। वह कैंटीन में आ गई है। बेटी का हाल जानने उसने कॉल किया तो 'आउट ऑफ़ कवरेज' का जाना-पहचाना जवाब मिला। पहाड़ी इलाकों के गाँव में दौरे पर निकली उसकी बेटी का फ़ोन अक्सर रेंज से बाहर ही रहता है। जूली फ़ोन एप्रिन की जेब में रखकर चाय की चुस्कियों के साथ अतीत में जाते मन को देख रही है, जहाँ जाने से वह अपने मन को बहुत देर से रोक रही थी...

वो इतवार का दिन था, हाट का दिन। हाट जूली के घर के सामने था। या यह कहना ज़्यादा ठीक होगा कि जूली का घर हाट बाज़ार वाली रोड पर था। यही रोड बस-स्टैंड से होती हुई गाँव के भीतर जाती थी। जूली का घर इस रोड पर किसी चुंगी की तरह था, जिसकी नज़र से बचकर कोई गाँव में दाख़िल नहीं हो सकता था। घर की बालकनी में यूँ तो बड़े-बड़े, बालकनी को छत से ज़मीन तक ढँक देने वाले पर्दे लगे थे। मगर इन पर्दों को आप घर का काला-चश्मा कह सकते हैं, जिसमें बाहर से झाँकने वाले को तो भले भीतर छुपी आँखें न दिखें, मगर भीतर की आँखें बाहर का सारा नज़ारा देख सकती हैं। इन्हीं पर्दों की ओट से जूली भी हर इतवार हाट-बाज़ार का मेला देखती थी।

ये पर्दे इसलिए भी लगे थे, क्योंकि बालकनी के एक सिरे पर लेट्रिन और दूसरे सिरे पर बाथरूम था। अब घरवाले कितनी बार लेट्रिन-बाथरूम जाते हैं ये भी कोई गाँववालों को बताने वाली बात है। बस इसलिए पर्दे टाँग दिए गए। इन पर्दों से एक-पंथ दो काज की तर्ज पर दूसरा काज यह हुआ कि जवान होती जूली की फूटती जवानी कितनी और कैसी परवान चढ़ रही है इस पर दिन-भर आँखें टिकाने वाले रास्ते बंद हो गए।

घर के ठीक सामने, रोड के दूसरी तरफ़ था एक बहुत बड़ा मैदान। जो पहले कभी कब्रिस्तान था अब वह गाँव के मुसलमान लड़कों का वॉलीबॉल ग्राउंड बन गया था। बस इसलिए भी जूली के बाबा मनोज बाबू को बालकनी के पर्दे हटना पसंद नहीं था। पर्दे हटते थे रात को। जब गाँव की सारी दुकानें बंद हो जाती थीं तब। जब सड़क पर कुत्तों के अलावा आदमी दिखने बंद हो जाते थे तब। इसके अलावा मजाल है कोई पर्दे हटा दे।

पर्दे टँगने के साल-भर बाद की ही तो बात थी। ताजिये निकल रहे थे। ऊँचे-ऊँचे सुन्दर ताजिया, सफ़ेद-हरे रंग में डूबे संगमरमर से चमकते ताजिये हर साल ही तो देखती थी जूली। उस साल भी ताजिये देखने बालकनी में लटकी हुई थी। सड़क पर इधर से धीमे-धीमे ताजिये चल रहे थे, उधर से मनोज बाबू दुकान से घर आ रहे थे। बालकनी से झाँकती जूली का ध्यान ताजिया के सम्मोहन में अटका था और ताजिया के जुलूस में चल रहे कुछ मनचलों का जूली में।

"बहुत ताजिया देखने को मचल रही...जे मुसल्लन के मातम से तोय बड़ी हमदर्दी हो रही...जाओ फिर उन्हीं में शामिल हो जाओ," मनोज बाबू ने बालकनी से झाँकती जूली को हाथ से घसीटकर दरवाज़े के बाहर ही ढकेल दिया था।

"जब कह दिया था कि दिन में पर्दे नहीं खुलेंगे तो फिर क्या जी मचल रहा था...आज के बाद दिन में पर्दे उठे दिखे तो बालकनी से ही नीचे फेंक देंगे," कहते हुए उस दिन मनोज बाबू ने जूली के लिए पर्दों की झीनी दीवार खड़ी कर दी, जिसे गिराने की हिम्मत किसी में नहीं थी...असल में किसी की चाहत भी नहीं थी।

माँ को तो दिनभर घर के कामों से फ़ुर्सत नहीं होती थी कि बालकनी में खड़ी होकर समय की बर्बादी करें। भाई बहुत छोटा था, जो देखना होता वह सड़क पर खड़े होकर देख लेता। एक जूली के लिए कौन मनोज बाबू से भिड़ता।

मनोज बाबू उर्फ़ मनोज कुमार चौरसिया। अपनी जाति के पक्के ब्राह्मण। और काम के पक्के 'चौरसिया पानवाले'। खानदानी काम था। पूरे गाँव में पान की इकलौती दुकान थी, इनके पिताजी के समय में। फिर इन्होंने जब बागडोर सँभाली तब तक गाँव ने तरक्की कर ली थी। दो-चार गुमटी और खुल गई थीं। मगर गाँव-भर के मुँह में रस आज भी चौरसिया पानवाले का ही घुलता था। ऐसा कत्था-जर्दा और सफ़ेदी लगाते थे पान में कि दो घंटे तक भी आदमी पीक थूकता रहे और सड़कें लाल होती रहें।

जिस इतवारी हाट में जूली अपनी मोहब्बत से पहली बार मिली थी, वह मनोज बाबू के लिए हर इतवार की ही तरह व्यस्त थी। सफ़ेदी-जर्दा-कत्था और पान बस इसी में दिन बीत रहा था। उनके जीवन में कोई बदलाव नहीं था। बदलाव तो हुआ था जूली के जीवन में। बालकनी के पर्दे हटाकर कुछ देर हाट की ओर झाँक लेने की इज़ाज़त जूली को शाम के वक़्त मिलती थी। उस दिन भी वह शाम के वक़्त बालकनी में खड़ी, छँटती हुई हाट को देख रही थी। सब कुछ वैसा ही था। हर हाट जैसा। वही चूड़ी, बिंदी, क्लिपवाला, जो अपनी सिमटती दुकान को साइकिल पर सँभाल रहा था। वही चप्पलवाला जो, "लेने होय तो ले लेओ बिन्नू, आखरी ग्राहक हो..." कह रहा था। वही सब्ज़ीवाला

जो पीली स्ट्रीट लाइट में सड़े टमाटर ग्राहक के झोले में, ''एकदम ताज़ा हैं बाऊजी,'' कहकर डाल रहा था। वही मिट्टी की गुल्लक और मटकोंवाला। वही चाटवाला। वही गुब्बारेवाला और वही...नहीं...ये वही नहीं था...ये कौन था...ये ना तो कोई बेचने वाला था, न ही कोई ख़रीददार जान पड़ता था...ये तो हाट में आँखें तरेरता हुआ, ढलती शाम में चमकते सितारे-सा गुज़रता जा रहा था। इसे तो पहले कभी नहीं देखा। जूली की नज़रें सड़क के आखिरी छोर तक उसका पीछा करती रहीं। लड़के ने भी अपनी पीठ पर टिकी जूली की नज़रों को महसूस कर लिया था। गली में मुड़ने से पहले उसने पलटकर जूली की तरफ़ देखा था। दोनों की नज़रें मिल गई थीं। ऐसा दोनों को एहसास ही हुआ था क्योंकि सड़क के जिस कोने से उसने जूली को देखा था, उस कोने पर अँधेरा था। इसलिए बस अंदाज़ ही था कि उसने भी जूली को देख लिया है।

गली में उसके मुड़ जाने के बाद जूली का दिल फिर हाट में नहीं लगा। वह भीतर आकर बिस्तर पर लुढ़क गई। 'कौन था वह? इस गाँव का तो नहीं लगता? किसी के यहाँ रिश्तेदार आया होगा। कितना सुन्दर था...बिलकुल... बिलकुल...अरे ये तो बिलकुल प्रियांशु चटर्जी जैसा दिखता है'। जूली जिस उम्र में थी उस उम्र के लड़के-लड़कियों के पास गाँव-भर के हमउम्रों की एक मुकम्मल फ़ेहरिस्त होती है। जिसमें कौन कितना होनहार है, कौन कितना सुन्दर है, कौन किसके साथ सेट है, कौन खाली, सबकी जानकारी होती है। छोटे गाँव में जब गर्ल्स-स्कूल और बॉयज़ स्कूल की दीवारें सटी हों तो इसी फ़ेहरिस्त का इस्तेमाल करके लड़के-लड़कियाँ अपने लिए उम्मीदवार तय कर लेते हैं। कुछ ज़ाहिर कर देते हैं, कुछ मन में रखते हैं। जूली के पास फ़ेहरिस्त तो तैयार थी मगर उम्मीदवार अब तक कोई नहीं मिला था। और जो यूँ अचानक हाट के बीच उसे दिख गया था, वह उसकी फ़ेहरिस्त में शामिल नहीं था। जूली ने झट से अपनी ख़याली फ़ेहरिस्त को फाड़ हवा में फूँक दिया और जिस सयाने पर उसका दिल अटक गया था, उसे ही अपनी फ़ेहरिस्त का इकलौता दावेदार बना दिया। ये दावेदारी बेवजह नहीं थी। उस वक़्त की सबसे लाज़िमी वजह यही थी कि उसका आकर्षण जूली के दिल-ओ-दिमाग पर हावी था। और दूसरी लाज़िमी वजह यह थी कि उसकी शक्ल जूली के ख़्वाबों के राजकुमार, एक बॉलीवुड हीरो से मिलती थी। जूली ने अपने सिरहाने पड़े

वॉकमेन का बटन दबाया और 'तुम बिन जिया जाए कैसे, कैसे जिया जाए तुम बिन' बज उठा। उन दिनों फ़िल्म 'तुम बिन' का यह गाना बहुत पॉपुलर था। उस दौर के सभी जवान होते बच्चों को लगता कि वह गाना उन्हीं के लिए लिखा गया है। हालाँकि एक-दो गाने हर दौर में ऐसे होते ही हैं, जो उस दौर के नौजवानों का यह भरम पुख़्ता करा देते हैं कि 'फलाना प्रेम गीत उन्हीं के लिए लिखा गया है'।

उस दिन जूली देर तक 'तुम बिन' के गाने सुनती हुई अपने पसंदीदा हीरो की शक्ल से मिलते उस लड़के के बारे में सोचती रही थी। उसका मन उस लड़के की तरफ़ आकर्षित होने लगा था। वह कौन था? क्या करता है? कहाँ रहता है? दोबारा कब दिखेगा? जैसे ख़याल जूली के दिल में उठने लगे। उसे इन सवालों के जवाब के लिए बहुत ज़्यादा इंतज़ार नहीं करना पड़ा। दो ही दिन बीते थे कि वही लड़का जूली को स्कूल के रास्ते में दिखा। वह तालाब की मेड़ पर खड़ा उसे ही देख रहा था। जूली की नज़र उस पर पड़ी तो मुस्कराहट बताए बिना उसके होंठों पर पसर गई। जूली को जब अपनी मुस्कराहट का एहसास हुआ तो उसने झेंपकर साथ चलती सहेलियों को देखा जो आगे-पीछे थीं। "उफ़्फ़ बच गए..." उसने चैन की साँस ली और एक बार पीछे मुड़कर देखा। वह वहीं खड़ा मुस्कुरा रहा था।

बस इतना ही तो काफ़ी था दसवीं में पढ़ने वाली, जवान होती जूली के दिल के तार बजाने के लिए। उसे समझ आ गया था कि आकर्षण दोनों तरफ़ से है। मन के भीतर कितने ही एहसास गुलाटी खा रहे थे। जूली की हालत वैसी ही थी जैसी किसी की बंजी जंपिंग के वक़्त होती होगी...डर, उत्साह, रोमांच और ख़ुशी सब एक साथ भीतर हिलोरे लेने लगते हैं, इस सबके साथ छलांग लगा दी जाती है। जूली भी मोहब्बत की यह छलांग लगाने से पहले वैसा ही कुछ महसूस कर रही थी...वह बस मुस्कुराती रहना चाहती थी। फ़िल्मों की तरह उसे भी लग रहा था कि उसे पहला प्यार हो गया है। पहली नज़र का प्यार हो गया है।

'प्यार!' कितना छलिया है ये शब्द। बचपन से माँ-बाप, भाई-बहन, दोस्त सबके बीच रहता है। सुन्दर-सुन्दर परिभाषाएँ गढ़ता है। अपने नाम पर कितनी ही ज़िम्मेदारी और दुनियादारी इंसानों से निभवा लेता है। लेकिन इंसान

के जवान होते ही यह अपना रंग बदल लेता है। फिर माँ–बाप, भाई–बहन, दोस्त आदि के लिए यह मात्र ज़िम्मेदारी रह जाता है, एक कर्तव्य रह जाता है। और ढूँढने लगता है अपने लिए एक नया आक़ा, जिसके क़दमों में ख़ुद को सपर्पित करके ये ख़ुद का होना सार्थक मानता है। अपने शाब्दिक मायने यह फिर प्रेमी/प्रेमिका और पति/पत्नी के दायरे में सीमित कर लेता है। वो प्यार ही तो है जो इन्सान को बड़े–से–बड़े दुश्मन को मात देने की ताक़त देता है, और वो भी प्यार ही है जिसकी ख़ातिर इन्सान छोटी–सी लड़ाई के सामने भी घुटने टेक देता है। वो प्यार ही है जो इन्सान के दिमाग की जड़ों पर दीमक की तरह फैलकर उसे खोखला और पागल बना सकता है और वो भी प्यार ही है जो अपने नाम पर इन्सान के दिल में नफ़रत और जुनून का ऐसा बवंडर ला दे कि हर सीमा पार कर इन्सान तबाही मचा दे।

जूली भी इसी शब्द के छलावे में आ गई थी। दिल और दिमाग की हर ख़्वाहिश अब बस वहीं, उसी इन्सान पर जाकर अटक जाती। अगर बात स्कूल जाने की होती तो जूली का मन करता कि बस तालाब की मेड़ ही स्कूल बन जाए, जहाँ उसका इंतज़ार किया जाता। बस वहीं बैठ वो उसे देख–देख पूरा दिन काट दे और वहीं से घर आ जाए। मगर यह तो संभव न था इसलिए बेमन से स्कूल जाती तो वहाँ भी मन न लगता, आख़िरी कक्षा के छूटने का इंतज़ार उसने इतनी बेसब्री से तो कभी न किया था। तब के प्रेमियों को आज की तरह सोशल मीडिया, व्हाट्सऐप, फ़ेसबुक, टेलीग्राम की सुविधाएँ न थीं। एक लैंडलाइन ही हुआ करता था, तिस पर भी सारा दिन अम्मा का पहरा रहता। पहरा न भी रहता तो कौन–सा जूली को उसका फ़ोन नंबर मालूम था। नंबर क्या नाम ही अब तक नहीं जान पाई थी। वैसे भी नाम, नंबर मालूम होते हुए भी कौन–सा वह फ़ोन कर ही लेती, भनक पड़ते ही मनोज बाबू टाँगें न तोड़ देते।

तो क्या करती? बस ऐसे ही एक–दूसरे को देखकर तो काम नहीं चलना था ना। बात तो करनी थी। मगर कैसे? स्कूल जाते या आते वक़्त सहेलियों के बीच बात संभव नहीं थी। जूली हर रोज़ बस इसी उधेड़–बुन में लगी रहती कि क्या करे? कैसे रास्ता निकाले? कैसे बात करे?

एक दिन स्कूल के बाथरूम में किसी जूनियर ने उससे कहा, ''मेरा नाम

रूबी है, ये उसने तुम्हारे लिए भेजा है,'' जूली के हाथ में एक चिट्ठी थमाते हुए रूबी ने कहा।

''उसने? उसने किसने?'' जूली ने अचानक मिली किसी चिट्ठी से चौंकते हुए पूछा।

''उसी ने जो रोज़ देखता है तुम्हें,'' रूबी ने कहा और हँसती हुई चली गई।

''बड़ा हिम्मती है'', जूली ने ख़ुद से कहा। वह तो रास्ता ही खोजती रह गई और उसने चिट्ठी भेज दी। चिट्ठी...फ़र्स्ट लव लैटर...इस ख़याल से जूली के भीतर गुदगुदाहट और चेहरे पर लज्जा उतर आई। उसके गालों पर लालिमा और धड़कन की रफ़्तार में डर दौड़ रहा था। 'क्या है इस चिट्ठी में? किसी ने देख लिया तो? बाबा को पता चल गया तो?'

उस ज़माने में प्यार के साथ 'घरवालों को पता न चल जाए' का डर स्वादिष्ट भोजन के बाद बिल में लगे सर्विस टैक्स की तरह साथ आता था। जूली झट से फिर बाथरूम में घुस गई। चिट्ठी पढ़ने की उत्सुकता थी और उससे ज़्यादा कोई देख न ले का डर।

उसने चिट्ठी खोली जो दिखने में वैद्य जी की पुड़िया की तरह बहुत छोटी तह में भेजी गई थी। इतनी बार मोड़ने की वजह से कागज़ में जगह-जगह चौखाने बन गए थे। जूली ने कागज़ झटकारा और चिट्ठी पढ़ी—

''हैल्लो,

जिस दिन से तुम्हें बालकनी में देखा है, मैं तुमसे बात करना चाहता हूँ।''

जूली चिट्ठी पढ़ रही थी मगर उसका मन एक पुरुष की मनगढ़ंत आवाज़ बनाकर उसके कानों तक वह चिट्ठी पहुँचा रहा था।

''तुमसे कैसे बात हो सकती है? क्या तुम्हारे घर के फ़ोन पर बात हो सकती है? मैं कई सालों से सऊदी में था, कुछ दिन पहले ही वापस आया हूँ। क्या हम दोस्त बन सकते हैं?''

कुछ लाइन छोड़कर नीचे लिखा था, 'इकराम'

नाम पढ़कर जूली का दिल धक् से बैठ गया। 'इकराम! तो क्या यह मुसलमान है? ओह...रूबी भी तो मुसलमान है, तो क्या यह रूबी का भाई है? अब क्या करूँ,' चिट्ठी पढ़कर जूली का दिल बैठा जा रहा था। 'एक मुसलमान लड़के से दोस्ती...दोस्ती...नहीं मैं तो उसे...।' आगे के ख़याल पर जूली के

मन ने विराम लगा दिया। बाबा को जिस दिन पता चला, उसके अगले ही दिन जूली की शादी कर दी जाएगी। इसी डर से जूली ने पहले चिट्ठी फाड़नी चाही। मगर फाड़ नहीं पाई तो मोज़े में छुपा ली।

पिछले कुछ दिनों से उसके दिल में कुलांचे मार रहा प्यार अचानक से डर के साए में जा छुपा था। ऐसा तो नहीं सोचा था उसने। उसका प्रियांशु चटर्जी कोई हिन्दू नहीं बल्कि मुसलमान था। हिन्दू में ही कोई दूसरी जाति बाबा कभी पसंद नहीं करेंगे तो मुसलमान दोस्त तो...

कितना सुन्दर था सब। कितना प्यारा। ज़िन्दगी की पहली मोहब्बत। जूली और इकराम की मोहब्बत। वैसे किसी भी हिन्दू-मुस्लिम मोहब्बत को मोहब्बत करने वालों के नाम से पुकारने की जगह 'एक हिन्दू और एक मुसलमान' की मोहब्बत ही पुकारना चाहिए। अंततः होता तो वही है। दो लोग, उनके नाम खो जाते हैं, रह जाती है तो बस उनकी जात। मगर मोहब्बत की शुरुआत में कहाँ मोहब्बत करने वालों को इस बात का होश रहता है। ख़ासकर तब जब मोहब्बत ज़िन्दगी में पहली-पहली बार हो रही हो।

जूली के ख़यालों में बस वही घूम रहा था। वह उसे पसंद करता है। उससे दोस्ती करना चाहता है। फ़ोन पर बात...यह याद आया तो वह और घबरा गई। कहीं उसने घर का नंबर कहीं से पता करके फ़ोन कर दिया तो आफ़त आ जाएगी। जवाब तो भेजना होगा। अब तक सारे अरमानों को दफ़न करने का मन बना चुकी जूली ने चिट्ठी का जवाब लिखा—

'मैं हिन्दू हूँ और तुम मुसलमान...हम दोस्त नहीं बन सकते...।' जूली ने बस इतना ही लिखा। नीचे अपना नाम भी नहीं लिखा। कभी चिट्ठी पकड़ी गई तो उसका नाम नहीं होगा। वह पकड़ी नहीं जाएगी। उस वक़्त इतनी समझ नहीं थी कि चिट्ठी पकड़ी जाने पर नाम से ज़्यादा हैण्ड राइटिंग का मिलान होता है।

जूली ने अगले दिन चिट्ठी रूबी को दे दी। और उसके अगले दिन फिर एक चिट्ठी रूबी ने उसे।

'तो क्या हुआ अगर तुम हिन्दू हो और मैं मुसलमान...हैं तो हम दोनों इन्सान ही...प्लीज़ ऐसा मत कहो...मैं तुमसे बात करना चाहता हूँ...मिलना चाहता हूँ...'

'प्लीज़...मिलना चाहता हूँ...बात करना चाहता हूँ...' यही शब्द जूली के

दिल में बार-बार घूम रहे थे। अब ये शब्द उसके मुसलमान होने पर भारी पड़ रहे थे। उसके दिल में भी तो उसके लिए आकर्षण था। कैशौर्य का आकर्षण, प्यार पर भारी और समझ पर हावी होता है। इस उम्र का आकर्षण अक्सर ही अपनी चाहत हासिल करके ही दम लेना चाहता है। खासकर उस उम्र में जिसे बहकने के लिए ही जाना जाता हो।

जूली ने दूसरी चिट्ठी भी मोज़े में रख ली। सलवार के भीतर मोज़े में क्या रखा है यह छिपाना बेहद आसान था। मगर घर जाकर मोज़े नहीं पहने जाते। तब जूली इन चिट्ठियों को अपने कमरे में अपनी अलमारी में अपने अंडर-गारमेंट्स के नीचे रखती। जहाँ बाबा क्या माँ के भी पहुँचने की सम्भावना न के बराबर थी। जब स्कूल जाती तो चिट्ठियाँ अपने साथ ले जाती ताकि पीछे से पकड़े जाने का डर न रहे। क्योंकि मोज़ों में ज़्यादा चिट्ठियाँ नहीं छुपाई जा सकती थीं, इसलिए जूली ने अगली चिट्ठी मिलने पर पिछली जला देने का निर्णय लिया।

इकराम की दूसरी चिट्ठी के जवाब में जूली ने लिखा, 'बात तो मैं भी करना चाहती हूँ लेकिन मुझे डर लगता है...बाबा कहते हैं मुसलमान किसी के सगे नहीं होते...। तुम मेरा मज़ाक तो नहीं बना रहे हो ना...'

जिस पर इकराम का जवाब आया, 'मैं तुम्हें बहुत पसंद करता हूँ जूली...तुमसे उम्र में सात साल बड़ा हूँ...यह मेरा बचपना नहीं कि मुझे तुमसे मोहब्बत है...मैं दिल्लगी नहीं करता...मैं वाकई तुमसे मोहब्बत करता हूँ।' तीसरी ही चिट्ठी में मोहब्बत के इज़हार के लिए जूली तैयार नहीं थी। वह न सिर्फ़ घबरा गई बल्कि उसने तुरत-फुरत में चिट्ठी जला दी। हालाँकि बाद में उसे बहुत अफ़सोस हुआ क्योंकि वह इकराम के लिखे उन शब्दों को बार-बार पढ़ना चाहती थी। मगर, अगले ही पल जब बाबा का ख़याल आता तो दिल को सुकून मिलता कि 'ठीक ही किया। दोस्ती तक तो फिर भी सँभाला जा सकता था। मोहब्बत...वो भी एक मुसलमान से। मोहब्बत मतलब शादी...वो भी एक मुसलमान से। बाबा इस जनम में तो क्या अगले सौ जन्मों तक भी यह स्वीकार नहीं करेंगे।'

मनोज बाबू को मुसलमानों से सख़्त नफ़रत थी। इतनी कि मुसलमान ग्राहक को पान भी हथेली पर नहीं देते थे। उन्हें तो बस मौका मिलता और

वे जैसे मुसलमानों के पूरे इतिहास को ही तोते की तरह सुना डालते, दो–चार गालियाँ अपनी तरफ़ से मिलाकर, "अरे ये साले मुसल्ले...। इनका भी कोई ईमान होवे है...ये तो अपनी बहन–बेटियों से भी ब्याह कर लेवे हैं...हमें काफ़िर केबे हैं...हमें बताओ...एक अलग देश बना लिया फिर भी इहां पड़े हैं...अरे हम काफ़िर हैं तो चले जाएँ ना अपने देश में...वहाँ तो पूजे जाएँगे...। मगर आदत तो है दूसरों की दुनिया उजाड़ने की...जेई तो करत आ रहे हैं पुश्तन से...। जेई ओ हरामी औरंगज़ेब ने किया...हमाए सबरे मन्दिर तोड़ दय...। बताओ राम भूमि पेई कब्ज़ा कर लओ। ये साले भेन्चो..."

मुसलमानों की बात आते ही मनोज बाबू की ज़ुबान ये चंद लाइनें तकियाक़लाम की तरह बोलने लगतीं। इससे कम कभी नहीं ज़्यादा में भले दो–चार गाली और दे लें। मनोज बाबू को अकेले बदनाम क्यों करें, पूरा गाँव ही तो दो पाटों में बँटा था। अधिकांश हिन्दू–मुसलमान एक–दूसरे को दुश्मन मानते थे। जो दो–चार इस मतभेद और मनभेद को मिटाने की कोशिशों में लगे रहते, वे इन पाटों के बीच घुन से पिसते रहते। मनोज बाबू के मन में इस दुश्मनी की जड़ ज़रा गहरी थी। यूँ कहूँ कि गाँव के इतिहास से जुड़ी थी। मनोज बाबू जब जूली की उमर के थे तब गाँव में हुए एक हिन्दू–मुस्लिम बलवे में एक मुसलमान की दुकान के आगे आलू बम फोड़ आए थे। धमाके की आवाज़ हुई तो पुलिस के लपेटे में आ गए। बलवे में धमाके की आवाज़ के आगे ये कौन गौर करता कि धमाका बम का था या पटाखे का। बस कर दिया अन्दर और जब चार दिन थाने की रोटी खाईं तो मन ने बैर बाँध लिया। मनोज बाबू के पटाखे को न सही, तलवारों और छुरियों और लट्ठों को उस बलवे में बहुत खून का भोग लगा था। बलवा किस वजह से हुआ था आज तक कोई नहीं जानता, बस उड़ी–उड़ी बातें थीं। कोई हिन्दुओं को दोष दे रहा था कोई मुसलमानों को।

जूली अपने बाबा की इस कट्टरता को जानती थी। इसलिए उसने सोच लिया कि अब कोई चिट्ठी नहीं लिखेगी। मोहब्बत के इज़हार वाली चिट्ठी मिलने के बाद वह कुछ दिन तक 'तबियत ख़राब है' कहकर स्कूल भी नहीं गई। वह डर गई थी। इकराम का सामना नहीं करना चाहती थी। वह जानती थी कि तालाब की मेड़ पर इकराम उसका इंतज़ार करेगा।

स्कूल न जाते हुए तीन दिन बीत गए थे। जब रात को बाथरूम की बालकनी में गई जूली से उछलता हुआ एक पत्थर आकर टकराया था। वह हड़बड़ाई और इधर–उधर देखने लगी। नीचे इकराम खड़ा था। गहरी रात में चमकती पीली स्ट्रीट लाइट के धुँधलके में वह इकराम के जुड़े हाथों के साथ उसके चेहरे पर भी बेबसी के भाव पढ़ सकती थी। अम्मा के खाँसने की आवाज़ आई तो वह झट से पीछे हट गई। उसे याद आया कि इकराम ने कोई पत्थर फेंका था। ढूँढने पर पत्थर के साथ उसे चिट्ठी भी मिली। एक पल को जूली के हाथ–पैर ठंडे पड़ गए। 'उसने घर में चिट्ठी फेंक दी...बाबा ने देख लिया होता तो अभी ही दंगा हो जाता' उसे इकराम की इस हरक़त पर बहुत गुस्सा आया। उसने झट से चिट्ठी आँचल में खोंस ली और अपने कमरे में चली गई।

कमरे में पहुँचकर टॉर्च की रोशनी में उसने चिट्ठी खोली, लिखा था, 'मेरे साथ ऐसा मत करो जूली...मैं जानता हूँ कि तुम भी मुझे पसंद करती हो...ठीक है तुम्हें अगर मेरी मोहब्बत का इज़हार बुरा लगा तो मैं माफ़ी माँगता हूँ लेकिन मुझसे बात करना बंद मत करो...तुम्हारा नाराज़ रहना मुझे बहुत तकलीफ़ दे रहा है।' जूली ने फुर्ती से चिट्ठी पढ़ी और टॉर्च बंद कर दी। खिड़की से कहीं किसी ने रौशनी चमकती देख ली तो।

थोड़ी देर बाद अँधेरे में फिर रोशनी चमकी। जूली ने टॉर्च जलाई और एक बार फिर चिट्ठी पढ़ी। 'कितना प्यार करता है वो मुझसे। मेरे नाराज़ होने से उसे तकलीफ़ हो रही है। घर में तो वो आज तक किसी से कभी नाराज़ ही नहीं हुई। उसे मालूम ही नहीं कि नाराज़ होने पर नखरा दिखाना कैसा होता है। लड़कियाँ नखरे नहीं करतीं उसने तो हमेशा से यही सीखा है। मगर इकराम को मेरे नाराज़ होने से फ़र्क पड़ता है। उसने कहा है कि बात करना बंद मत करो। मैं नहीं लिखूँगी कि मैं भी प्यार करती हूँ। दोस्ती तो कर ही सकती हूँ। कौन–सा शादी कर रही हूँ।' शादी का ख़याल आते ही एक बार फिर जूली की हिम्मत रेत के महल की तरह मिनिट भर में ढह गई।

इकराम और जूली की कभी शादी नहीं हो सकती थी। यह बात जूली को वैसे ही पता थी, जैसे उसे पता था कि चन्द्रमा पृथ्वी के चक्कर लगाता है और पृथ्वी सूरज के। इन दो अकाट्य सत्य की तरह यह भी एक अकाट्य सत्य था कि जूली और इकराम की कभी शादी नहीं हो सकती थी।

'शादी !' कितना निराला शब्द है ना यह। हिन्दुस्तानी व्यवहार में दो लोगों के बीच प्रेम आए न आए शादी पहले आती है। अरेंज मैरिज हो तो शादी पहले आनी ही है। मगर लव मैरिज हो तब भी प्रेम की हामी लड़कियाँ तभी भरती हैं जब उन्हें इस बात की गारंटी हो जाए कि जिस लड़के से वे प्यार करेंगी उसी से शादी भी हो ही जाएगी। वर्तमान में माहौल में थोड़ी समझ आई है। मगर दो दशक पहले तक प्रेम जीवन का एक भाव नहीं बल्कि जीवनसाथी पाने की गारंटी होता था।

जूली भी तो उसी सदी की थी। वह इस सामाजिक चलन से अलग कैसे हो सकती थी। इसलिए अंततः उसने यही निर्णय लिया कि क्योंकि उसकी और इकराम की शादी हो नहीं सकती, इसलिए वह इकराम से साफ़-साफ़ कह देगी कि वे दोनों दोस्त रहेंगे। उसके आगे कुछ नहीं।

जूली ज़िन्दगी में पहली बार इस तरह नखरे में दिल्लगी महसूस कर रही थी। हया की चादर में लिपटी उसकी मोहब्बत भीतर-ही-भीतर ख़ुशी से उछल रही थी कि कितना सुन्दर है इस तरह नखरा करना। जब कोई आपके लिए परेशान हो रहा हो। जब कोई आपके लिए तड़प रहा हो। जूली, इकराम को दोस्ती का ख़त लिखेगी मगर कुछ और दिन उसे तड़पाकर।

वह अगले दिन स्कूल गई। तालाब किनारे इकराम को भी देखा जिसके चेहरे पर जूली के दिखते ही सुकून की परत चढ़ आई थी। जो जूली से निगाहें हटा ही नहीं रहा था। और एक जूली थी जो इकराम को तड़पाने में कोई कसर नहीं छोड़ रही थी। वह मुस्कुराना चाहती थी मगर, इठलाती हुई साइकिल से निकल गई। उसने देखा कि इकराम इशारे से कुछ कहना चाहता है मगर वह नाराज़गी की अदा ओढ़े चली गई। स्कूल से वापसी में उसे इकराम नहीं दिखा। यह पहली बार था जब इकराम उसका इंतज़ार नहीं कर रहा था। जूली की नज़रों ने तालाब के सारे किनारे नाप लिए मगर इकराम नहीं दिखा। 'कहीं बिज़ी होगा' सोचकर वह घर आ गई। मगर भीतर उम्मीद थी कि आज रात भी इकराम की चिट्ठी बालकनी में पत्थर में बँधकर आएगी। वह समय पर बालकनी में पहुँची मगर न इकराम दिखा न चिट्ठी।

जूली बेचैन हो उठी। अब तड़पने की बारी उसकी थी। उसे लग रहा था कि इकराम उसे तड़पा रहा है। अब वह नाराज़गी दिखा रहा है। इतरा रहा

है ताकि मैं उसे मनाऊँ। अगले दिन रूबी से इकराम की ख़बर लेने के इरादे से स्कूल पहुँची तो रूबी से भी उसे कोई जानकारी नहीं मिली। जूली अपनी इज़हार-ए-दोस्ती की चिट्ठी रूबी के हाथ में नहीं देना चाहती थी। इसलिए वह रोज़ रात ग्यारह बजे इकराम का बालकनी में इंतज़ार करने लगी।

जब हफ़्ताभर गुज़र गया और इकराम कहीं भी नहीं दिखा तो जूली की दोस्ती के ख़याल को मोहब्बत की तड़प खा गई। उसने मान लिया कि वह सिर्फ़ दोस्त नहीं रह सकती। देर रात तक इकराम की याद में भीगा तकिया और उसकी वापसी की दुआ ने जूली को यह एहसास दिला दिया कि वह इकराम से मोहब्बत करती है। उस रात वह पहली बार किसी के डाँटने पर नहीं रोई थी। किसी गलती पर नहीं रोई थी। किसी सज़ा पर नहीं रोई थी। वह मोहब्बत की तड़प में रोई थी।

यही तड़प इकराम के सामने हू-ब-हू ज़ाहिर हो गई जब जुदाई के बाद ग्यारहवें दिन इकराम उसे दिखा। बस फिर क्या था। दोस्ती की दीवार गिरी और मोहब्बत की दीवार खड़ी करने रोज़ चिट्ठियों की ईंटें चुनी जाने लगीं। अब सिर्फ़ स्कूल आने-जाने का इंतज़ार नहीं होता था। अब जूली शाम के वक़्त छत पर किताबें लेकर मिलती थी। किताबों की ओट से घर के सामने वाले वॉलीबॉल ग्राउंड में इकराम को देखती थी। उसकी जीत पर खुश और हार पर दुखी होती थी। हाट में भीड़ के बीच इकराम के इशारों से दिल की भूख सेकी जाती थी। मोहब्बत दोनों तरफ़ से परवान चढ़ रही थी। ऐसे में कितने दिन दूर रहा जा सकता था?

मगर गाँव में जहाँ एक-दूसरे के सामने पड़ जाने पर रास्ता बदल लिया जाता हो, वहाँ मुलाक़ात कैसे संभव है और कहाँ। बस यही बातें वे अपनी चिट्ठियों में लिखा करते। बातें तो और भी लिखी जाती। इकराम को रफ़ी पसंद हैं जूली को अभिजीत। इकराम को काला रंग पसंद है जूली को लाल। इकराम को मुंबई पसंद है, जूली को नैनीताल। इकराम को समंदर पसंद है जूली को पहाड़। इस बात पर दोनों कई बार झगड़ भी लिया करते। इकराम को जूली की आँखें पसंद हैं और जूली को इकराम की मुस्कुराहट यह बात हर दूसरी चिट्ठी में होती। अब बस ये आँखें और ये मुस्कुराहट दोनों क़रीब से देखना चाहते थे। छूना चाहते थे। महसूस करना चाहते थे। मगर इस छोटे

से गाँव में यह संभव नहीं। बस यही बात दोनों को उदास कर देती...साथ में एक डर भी तो हमेशा रहता।

अपने आस-पास के बदलते माहौल की वजह से जूली डरने लगी थी। एक इतवार की ही तो बात थी जब जूली शाम के वक़्त हाट देखने बालकनी में खड़ी थी और इकराम सामने ग्राउंड में खड़ा उसे ही देख रहा था। तभी पड़ी थी जूली की नज़र उस चूड़ीवाले पर जो उसे ही देख मुस्कुरा रहा था। उसके बाद जूली ने महसूस किया कि सब्जीवाला, टिक्की-चाटवाला, सभी आपस में खींसें निपोर रहे हैं और एक गन्दी मुस्कान उनके चेहरों पर पसरी हुई है। जूली के भीतर डर की एक बिजली-सी कौंध गई थी। वह समझ गई थी कि उसकी और इकराम की मोहब्बत की भनक अब सबको लगने लगी है। मोहब्बत के नशे से बाहर निकल जब उसने अपने आस-पास देखना शुरू किया तो सभी उस पर हँसते नज़र आने लगे। पड़ोस की साइकिल की दुकानवाला, तालाब के पास पान की गुमटीवाला, स्कूल में सहेलियाँ, सब ही ने जैसे जूली की चोरी पकड़ ली थी। सब ही उसे अपने बाबा के जासूस नज़र आने लगे थे। कुछ तो सच में थे भी। यानी पान की गुमटी पर आने वाला लगभग हर ग्राहक ही जूली की हर खबर रखता था। मगर कोई भी मनोज बाबू को बताने की पहल नहीं कर रहा था।

इसी बीच इकराम को जूली से मिलने का एक ज़रिया मिल गया। इकराम के एक करीबी हिन्दू दोस्त ने कम्प्युटर सेंटर खोला था। उस ज़माने में कम्प्युटर नए-नए चले थे। जूली पढ़ाई में हमेशा अव्वल आती थी। मनोज बाबू भी पढ़ाई के मामले में उसे कभी नहीं रोकते थे। नयी तकनीक और नया ज्ञान प्राप्त करने में कोई मनाही नहीं थी।

बस यही वो ज़रिया बना और एक दिन मौका देखकर जूली कम्प्युटर सीखने की जानकारी लेने पहुँच गई, 'विष्णु कम्प्युटर सेंटर'।

कम्प्युटर सेंटर के पीछे वाले कमरे में जब जूली और इकराम दोनों पहली बार इतने क़रीब से आमने-सामने हुए तो दोनों एक-दूसरे की धड़कनों को दूर से ही सुन सकते थे। कितना सुखद हो सकता है किसी प्रेम करने वाले का सान्निध्य पाना। उसे छू लेने का, करीब से देख लेने का एहसास जब महीनों के इंतज़ार के बाद आता है तो वह स्थिर होता है। वर्तमान के मिनिटों

वाले प्रेम की तरह अस्थिर नहीं। महीनों बालकनी, छत और स्कूल के रास्ते में देखने के बाद आज दोनों उस दूरी को कोस रहे थे। इकराम जूली की आँखों में देखना चाहता था मगर उसकी आँखों ने हया की चादर ओढ़ ली थी। वह इकराम से आँखें नहीं मिला पा रही थी। दोनों कुछ देर तक बस एक-दूसरे को देख कर मुस्कुराते रहे।

"बैठो ना..." इकराम ने कुर्सी की तरफ़ इशारा करते हुए कहा।

"आप भी बैठिए..." जूली ने कहा।

"कैसी हो..." इकराम कहना चाहता था, 'तुम बेहद खूबसूरत हो जूली,' मगर ज़ुबान कुछ और कह रही थी...

"आपके सामने हूँ, जैसी हूँ..." जूली इकराम के सवाल और झिझक पर मुस्कुरा दी।

बहुत देर तक दोनों एक-दूसरे को देखते रहे। झिझकते रहे। शरमाते रहे। चिट्ठियों में हज़ारों बातें कर लेने वाले आज खामोश क्यूँ थे वे ख़ुद भी नहीं जानते। कभी-कभी ख़ामोशी भी इज़हार करती है। दिल की हर बात कहती है। वहाँ भी यही हो रहा था।

'खट-खट' बाहर से आवाज़ आई तो दोनों सपने से बाहर आए। वरना दोनों अलग-अलग आँखों से एक ही सपने में एक-दूसरे को साथ देख रहे थे।

"अब कब मिलोगी?" जूली जाने को उठी तो इकराम ने उसका हाथ थाम लिया।

"जल्द ही..." जूली उसकी गरम हथेलियों से छूटना नहीं चाहती थी।

"कल?" इकराम ने पूछा।

"कोशिश करूँगी..." जूली जाने को मुड़ी तो इकराम ने उसके कंधे पर हाथ रखकर उसे सीने से लगा लिया। यही तो वह भी चाहती थी। इसी का तो उसे इंतज़ार था। दोनों की आँखों के कोने भीग गए थे। दोनों एक-दूसरे के बदन की महक से तर हो रहे थे। वे कुछ देर ऐसे ही रहते अगर दोबारा 'खट-खट' न हुई होती। इकराम ने जूली की आँखों के भीगे कोने चूम लिए। वह उसे अपने आलिंगन से जाने नहीं देना चाहता था। वह हमेशा ऐसे ही रहना चाहता था। वह वक़्त को थाम लेना चाहता था। वह जूली से अभी इसी वक़्त शादी कर लेना चाहता था...वह न जाने क्या-क्या कर लेना चाहता था। मगर

ख्वाहिशों के हिसाब से ज़िन्दगी नहीं चलती।

जूली अगले दिन का वादा कर चली गई। अगला दिन, अगले हफ़्ते में बदल गया, मगर दोनों फिर मिले। इस बार पिछली बार की तरह झिझकते हुए नहीं बल्कि हक़ से मिले। अपने शिक़वे-शिकायतों के साथ मिले। अपने हँसी-ठहाकों के साथ मिले। अपनी चाहतों के साथ मिले।

इन मुलाक़ातों के बीच एक ख़ास मुलाक़ात भी आई थी। उस दिन इकराम ने हाथ बढ़ाकर अपनी हथेली खोलते हुए कहा, ''ये तुम्हारे लिए।''

''बिंदी,'' गोल लाल बिंदी देख जूली ने आश्चर्य से कहा।

''हाँ...एक बार इसे लगाकर दिखाओ ना।''

''मगर मुस्लिम्स तो बिंदी पसंद नहीं करते,'' जूली ने झेंपते हुए कहा था।

''हाँ...पर मैं करता हूँ,'' कहते हुए इकराम ने ख़ुद ही जब जूली के माथे पर बिंदी लगाई तो जूली की आँखें मुँद गई थीं। जैसे शादी के मंडप में बैठी जूली की इकराम ने माँग भर दी हो। वह एक हसीन सपने में खो जाने के लिए मचल उठी थी। इकराम के गले से लिपट जाना चाहती थी, मगर कोई 'देख न ले' का डर उसे रोक रहा था। इकराम ने जब उसके होंठ चूम लेने की चाहत पेश की तो वह पिघलती चली गई।

एक-दूसरे पर चुम्बनों की बारिश करते हुए दोनों एक-दूसरे में समाते चले गए...और वक़्त उस हसीं मोहब्बत के मिलन का गवाह बन गया। दूरियों की यह दीवार जब गिरी तो हर मुलाक़ात के साथ गिरती ही चली गई। सारी सीमाएँ लाँघकर। यह क्रम अगली कुछ मुलाकातों तक चला तो गाँव-भर में उनकी मोहब्बत की महक दुर्गन्ध बनकर फैलने लगी।

''एक मुसलमान के साथ सोने में शर्म न आई उस कुल्टा को।''

''यह सिर्फ़ उस मुसलमान का एक हिन्दू को ख़राब करने का तिकड़म है।''

''इधर ये पान पर चूना लगा रहे हैं उधर वह मुल्ला इनकी इज़्ज़त पर चूना लगा रहा है।''

मनोज बाबू के कानों में जब ये बातें पड़ीं, उनमें से आग निकलनी स्वाभाविक थी।

''जूली की माँ आज या तो इसे मार डालूँगा या ख़ुद मर जाऊँगा,'' उस

दिन घर आते ही मनोज बाबू ने तांडव शुरू कर दिया था। तीन-चार थप्पड़ जड़ने के बाद अगर जूली की माँ बीच में न आती तो सच में वे जूली को मार ही डालते। बाबा की मार के बाद वह घंटों सिसकती रही थी, मगर ख़ुद की मार से भी ज़्यादा दर्द और डर उसे उस बात से लग रहा था जो उन्होंने इकराम के लिए कही थी, "उस हरामी की औलाद को तो मैं ज़िंदा दफ़न करवा दूँगा।" तभी से जूली इकराम से बात करने के लिए तड़प रही थी। जाने बाबा उसके साथ क्या करने वाले थे। एक-एक मिनिट वह डर और दर्द में काट रही थी मगर कर ही क्या सकती थी।

उसकी हर हरक़त पर जेल की सलाखों सा पहरा था। बाथरूम भी जाती तो माँ बालकनी में खड़ी रहती। पर्दों का उठना रात में भी बंद कर दिया गया था। इकराम और जूली के साए भी न मिल पाएँ इसके कड़े इंतज़ाम किए गए थे। मनोज बाबू का जी चाहता कि हर बार इकराम का नाम ज़ुबान से निकलने पर ज़ुबान भी गंगाजल से धो लें। उनका यह गुस्सा दो दिन बाद तभी शांत हुआ जब उन्होंने आकर जूली को ये ख़बर सुना दी कि "साले की ऐसी हालत करवाई है कि अब ज़िन्दगी भर इस गाँव की तरफ़ देख भी नहीं पाएगा।"

जूली के कानों में ये बात खौलते तेल की तरह घुसी थी और वह तड़प से चीख़ उठी थी। उस दिन पहली बार जूली अपने बाबा के सामने झुकने की जगह तनकर खड़ी हुई थी, "मार डालो मुझे भी...क्यों ज़िंदा छोड़ा है... यही चाहते हो ना।"

जूली के मुँह से आवाज़ और आँखों में नफ़रत को मनोज बाबू ने फिर अपनी मार से ही शांत किया। तब तक जब तक वह बेहोश नहीं हो गई।

"इसके होश में आते ही तुम इसे लेकर झाँसी निकल जाओ...वहीं दफ़ना आना उस बदज़ात हरामी मुल्ले की निशानी...यहाँ किसी को कानों-कान ख़बर हुई तो रही-सही इज़्ज़त भी धुल जाएगी...एक बार ये पाप धुल जाए फिर इसे किसी से ब्याह के मुसीबत उतारें।" अस्पताल के कमरे में जब जूली को होश आया तो उसके कानों में मनोज बाबू के ये शब्द पड़े थे। जो उन्होंने जूली की माँ से कहे थे। बस वही दिन था जब जूली ने अपनी मोहब्बत की निशानी बचाने अपने माँ-बाप के लिए मर जाना पसंद किया था। वह झाँसी जाती बस से कब गायब हुई इसका उसकी माँ को पता नहीं चला...।

उस रात जूली की माँ जब अकेली वापस लौटी तो मनोज बाबू को तकलीफ़ नहीं हुई थी। बस इस घटना को कैसे हादसा बनाए जाए इसके लिए उन्होंने फ़ौरन गाँव के चौकीदार को बुलवाया था। उन्हें भाग गई बेटी को मर गई में बदलवाना था...।

''काए रे बाँके...इतने में हो जैहे तोर बिटिया का ब्याह,'' मनोज बाबू ने चौकीदार के सामने नोटों की दो गड्डी फेंकते हुए कहा था।

''हाँ मालिक...हमरा बहुत दिल दुःख रहा है...जूली बिटिया के नदी में डूब जाने से।'' यह कहते हुए चौकीदार के चेहरे पर कपटी हँसी पसर गई थी। जो अगले ही पल मनोज बाबू की नज़रों के पड़ते ही गायब हो गई थी। जवाब सुन कर मनोज बाबू समझ गए कि उन्हें बाँके को कुछ भी समझाने की ज़रूरत नहीं है। नोटों की गड्डी लिए बाँके के जाते ही जूली की माँ की हिम्मत का बाँध टूट गया। उनकी सिसकियाँ जो अब तक पति के डर से सुबक रही थीं, अब चीखों में तब्दील हो गईं।

''अरे काहे अपने टसुआ बर्बाद कर रही ऊ कुलक्षिणी के लाने...। मर गई समझ लेओ,'' मनोज बाबू ख़ुद भी कहीं पिघल न जाएँ इस डर से रोती हुई पत्नी को दुत्कार कर कमरे में चले गए और बिस्तर के सिरहाने बीड़ी में अपना दर्द फूँककर जले हुए ठूंठों का ढेर लगाने लगे।

अगले दिन मनोज बाबू भले घर से न निकले हों मगर बाँके ने ख़बर उनके घर के बाहर गाँव भर में फैला दी थी कि जूली घर से भागी नहीं बल्कि पास की नदी में कूदकर डूब गई। जिसकी लाश कभी किसी को नहीं मिली। मिलती भी कैसे, किस्मत ने उसे दूसरा जन्म जो दे दिया था।

माथे पर एक दाग लेकर, माँ-बाप को हमेशा छोड़ देने का ख़याल क्षणभर के लिए भले भावावेश में घर से भगा दे मगर होश आते ही दुनिया में अकेली लड़की को सबसे पहला ख़याल यही आता है कि कैसे जिएगी, कहाँ जाएगी? जूली भी परेशान हो उठी थी। जिस बच्चे को न मारने की ज़िद ठानकर वह घर से भागी थी उसे पालेगी कैसे? क्या करेगी? गुज़ारा कहाँ होगा? और न जाने कितने ही ख़याल उसे अन्दर-ही-अन्दर चिंता की तपिश से सुलगा रहे थे। ट्रेन में जाकर तो बैठ गई थी मगर मंज़िल क्या होगी नहीं जानती थी। उस रात जितना वह अपने बच्चे के लिए जीना चाहती थी,

उतना ही ख़ुद के लिए मर जाना चाहती थी, शायद मर भी जाती यदि कुछ दिन और ऐसे ही बिना किसी ठौर के भटकना पड़ता। मगर, किस्मत ने जहाँ एक दरवाज़ा बंद किया था, वहीं उसके गाँव से हज़ारों किलोमीटर दूर एक देवी के मन्दिर तक ले जाकर दूसरा दरवाज़ा खोल दिया था।

यह देवी उसके अपने धर्म की देवी नहीं थी। यह तो एक क्रिश्चियन अस्पताल की सीनियर डॉक्टर थी। जिन्होंने जूली को, उसकी मोहब्बत को, उसके बच्चे को और उसके निर्णय को गले से लगा लिया। ऐसा नहीं था कि जूली के लिए उसके बाद की ज़िन्दगी आसान थी। मगर साथ में हिम्मत बन कोई खड़ा हो तो कठिन-से-कठिन रास्ते भी कट जाते हैं। जूली की हिम्मत थी उसकी बेटी...उसके अलावा उसकी ज़िन्दगी में और था ही क्या? चहकती-फुदकती हमेशा हर काम में अव्वल आने वाली तृषा के साथ जूली के जीवन का सफ़र अब सुन्दर गुज़र रहा है। इतने सालों में अगर कुछ बदला है तो जूली का उपनाम। अब वह न हिन्दू है न मुसलमान। अब वह सिर्फ़ 'सिस्टर जूली' है। और उसकी बेटी 'डॉक्टर तृषा'। इसके आगे उसने कभी कुछ नहीं लिखा। जब मन करता मन्दिर चली जाती। जब मन करता चर्च और जब मन करता इकराम की सिखाई इबारतें पढ़ लेती। *कुरान* पढ़ लेती।

"सिस्टर जूली...प्लीज़ जल्दी चलिए..." जूली अपनी आगे की कहानी से दुःख और सुख अलग-अलग छाँटती उससे पहले ही हॉस्पिटल का पियून भागता-हाँफ़ता उसके पास आया।

जूली की तंद्रा टूटी, और उसकी नज़र पियून पर पड़ी तो उसकी आँखों में जूली ने डर, घबराहट, दुःख, गुस्सा सब एक साथ देख लिया। जूली समझ नहीं पाई। "क्या हुआ...तुम इतना परेशान क्यों है?"

"सिस्टर...वो तृषा मैडम," पियून बस इतने ही शब्द कह पाया।

"तृषा...क्या हुआ तृषा को?...कहाँ है वो?" जूली ने कहा और झट से अपना फ़ोन निकाला, फिर हड़बड़ी में तृषा का नंबर डायल करने लगी...

"सिस्टर...वो फ़ोन पर नहीं मिलेंगी...वो ऑपरेशन थिएटर में हैं," कहते हुए पियून की आँखें छलक आईं।

"आप बस चलिए...अभी...चलिए..."

"मैंने कहा था उसे आज मत जा..." कहते हुए जूली अपने ही ख़यालों

से घबरा उठी। "न जाने ऐसी क्या बात है। न जाने ऐसा क्या हुआ है? न जाने...।" जूली का मन लगातार उसे आशंकित कर रहा था और वह लगा डराने वाले उन ख़यालों को धकेल रही थी। ऑपरेशन थिएटर के सामने पहुँची तो कुछ साथी कर्मचारी वहाँ तृषा के लिए प्रार्थना कर रहे थे। ऐसे हालात उसने दूसरों के लिए न जाने कितनी बार देखे हैं। जब किसी की जान अन्दर ज़िन्दगी और मौत के बीच जूझ रही हो और बाहर उसके चाहने वाले उसके लिए दुआएँ माँग रहे हों। जूली हमेशा ही तो सबको हिम्मत बँधाती आई है। उसे कहाँ पता था कि एक दिन वह लाइन के दूसरी तरफ़ खड़ी होगी, जहाँ उसे दूसरों से हिम्मत और दुआओं की ज़रूरत होगी। वह धम्म से स्टूल पर बैठ गई, जैसे शरीर में जान ही न बची हो। दुआ माँगती किसी नर्स ने जब जूली को बेहाल होता देखा तो उसके पास जा बैठी और उसके हाथ पर हाथ रखकर बोली, "आज दिन के दंगे में तृषा की गाड़ी पर कुछ लोगों ने हमला कर दिया था...काफ़ी देर सड़क पर पड़े रहने की वजह से खून बहुत बह गया है...ऑपरेशन चल रहा है...मुझे उम्मीद है सब ठीक होगा...तुमको हिम्मत रखनी होगी..." नर्स एक साँस में सारी बात कह गई और जूली बस इतना ही कह पाई, "आज तक हिम्मत ही तो रखती आई हूँ...हिन्दू-मुसलमान की ये लड़ाई एक बार फिर मुझे हराने आई है...मगर इस बार मैं हारूँगी नहीं..." जूली उठी और ऑपरेशन थिएटर के भीतर चली गई। इस बार नर्स बनकर नहीं, बल्कि एक माँ बनकर, जिसे मौत से लड़ रही अपनी बेटी को हिम्मत देनी है, उसे जिताना है।

एक पागल की मौत

"अरे बिज्जू...बसंती...हीरा काका...जल्दी चलो...पुलिया के पास वाले नीम के नीचे शांति की लाश पड़ी है," चौदह-पंद्रह साल का बिरजू पूरी बस्ती में दौड़-दौड़कर यह ख़बर पहुँचा रहा था। जैसे-जैसे लोग सुनते जा रहे थे, वैसे-वैसे हाथ लिया काम भी छोड़कर पुलिया के पास वाले नीम के पेड़ की तरफ़ बढ़े जा रहे थे।

"बहुत बुरा हुआ।"

"कितनी बार समझाया था उसे, सड़क किनारे मत सोया कर।"

"ये दिन तो आना ही था।"

"बस इसी का तो डर लगा रहता था।"

"अरे किसी ने ट्रकवाले को नहीं पकड़ा क्या।"

"कोई देखता तो पकड़ता ना...कौन जाने कब कुचल गया।"

लाश के इर्द-गिर्द जितने लोग इकट्ठा होते जा रहे थे, उतनी बातें सुनाई पड़ती थीं। हर ज़ुबान से निकली बात भले अलग थी, पर लाश को देख कर हर मन में उमड़ आया दुःख एक सा था।

शांति के मर जाने का दुःख, उसके किसी ट्रक से कुचले जाने का दुःख भर नहीं था, बल्कि गाँववालों के मन में किसी अपने के चले जाने का दुःख था।

"किसे पता था शांति के नाम के साथ ऐसे राहू चिपका रहेगा कि उसके पूरे जीवन को ही लील जाएगा," भीड़ में से फिर एक आवाज़ आई।

किसे क्या...ख़ुद शांति को भी कहाँ पता था कि जिस गाँव में वह ढेरों अरमान लिए दुल्हन बनकर आई थी, उसी में एक दिन वह लावारिस, सड़क के जानवर की तरह मर जाएगी। कितने अरमानों से आई थी वह इस बस्ती के मुखिया गोपाल से ब्याह कर। उम्र में गोपाल भले शांति से दस साल बड़ा

था, लेकिन उसका कसा हुआ शरीर, चेहरे का तेज, तनी हुई मूँछें देख कौन कह सकता था कि ज़िन्दगी के तीस बसंत देख चुका है।

गोपाल जब सर पर पगड़ी बाँध, सफ़ेद धोती-कुरता पहन ट्रेक्टर पर निकलता तो शांति की गर्दन में गुरूर का बड़ा बांका-सा ख़म पैदा हो जाता। ये अलग बात थी कि वह ख़ुद भी गोपाल से किसी बात में उन्नीस नहीं थी।

शुद्ध हिन्दुस्तानी गेहुँआ रंग, छरहरी कद-काठी, घुँघराले बाल और गहरी आँखें, उसके रूप को सामान्य दिखाते हुए भी खास बना देती थीं। बिना पिन के सीधे पल्ले की साड़ी जैसे गाँव-देहात में आज भी औरतें पहनती हैं, उसके बदन से चिपकी रहती। जिसमें से उसकी देहयष्टि का एक-एक उभार झाँकता। इसी काया पर तो मर मिटा था गोपाल और माँग कर ले आया था शांति को उसके पिता से अपना रुआब दिखाकर। शांति ने भी गोपाल की शान में हमेशा इजाफ़ा ही किया। ब्याह के बाद कुछ ही समय में पूरी बस्ती की अपनी हो गई। काम अपना हो या किसी और का फटाफट निपटा देती। चाल में ऐसी फुर्ती कि उसे कभी किसी ने चलते नहीं बल्कि हमेशा दौड़ते ही देखा। वैसे फुर्ती बस उसके पैरों में ही नहीं हर अंग में थी। तभी तो सुबह मुर्गे की बाँग से पहले उठने वाली और रात में आखिरी झींगुर के सोने पर सोने वाली शांति को दिन में कभी किसी ने आराम करते नहीं देखा। उसके पास हर वक़्त कोई-न-कोई काम होता। कभी अपना कभी बस्तीवालों का।

वह तो जब अपने घर के आँगन में चूल्हे पर कढ़ाही चढ़ाकर सरसों के तेल में मसाले डालती तो उसकी सुगंध पूरी बस्ती में फैल जाती। मसाले भले ही उसकी कढ़ाही में तड़कते हों मगर मूली पत्ता के साग की ख़ुशबू बस्ती भर के नथुनों को सहला देती थी। सबके मुँह उसके हाथ के बने खाने के स्वाद से लबालब रहते। वह कभी दस-बीस आदमियों से कम के लिए खाना नहीं पकाती थी।

''ए बिरजू की अम्मा...ए शीलवती...ए लल्ली...ए कुरचन...आज लाल भाजी बनाई हूँ...ले जाना,'' साग छौंकते ही जब वह पड़ोसियों को आवाज़ लगाकर पुकारती तो पलक-झपकते पहुँचे पड़ोसी यह जता देते कि वे इसी पुकार के इंतज़ार में बैठे थे।

शांति सिर्फ़ खाना नहीं मोहल्ले भर के बच्चों की दर्ज़ी भी थी। गोपाल

ने एक सिलाई–मशीन ला दी थी। बस उसी पर घिर्री बने घूमते उसके हाथ न जाने बस्ती के कितने बच्चों के लिए फ़ैशन का इंतज़ाम कर देते।

बस्ती के घर अलग–अलग थे मगर शांति का कुछ टुकड़ा हर घर में किसी–न–किसी रूप में बसता था। बस एक ही कमी थी उसमें कि उसके पास किताबी ज्ञान की कोई डिग्री नहीं थी। वरना तो दुनियादारी से मिला उसका ज्ञान किसी भी किताबी ज्ञान में इस तरह नहीं सिखाया जा सकता, जिस तरह शांति के पास था। बस्ती भर में कोई भी औरत पेट से हो। उसके पहले महीने से बच्चे होने के बाद के तीन महीने तक शांति डॉक्टरनी बनी मुफ़्त सेवा देती।

सब कुछ कितना ख़ुशहाल था। एक सुखी संसार की तरह। जितनी शांति उस बस्ती में थी उतनी ही अशांति उन दिनों देश के राजा के मन में थी। देश में उठी विद्रोह की लहर और नई पार्टी के बढ़ते प्रकोप से राजा का सिंहासन कँपायमान हो रहा था। एक लहर पूरे देश में लू की तरह चल रही थी। उसी लहर का कुप्रभाव पड़ा शांति के जीवन पर, जिसने आज उसे एक कष्टप्रद मौत तक पहुँचा दिया।

उन दिनों जिस नए नेता ने देश के राजा के सामने सीना ताना था, वे थे कक्का–जू।

कुछ सालों पहले जब कक्का–जू की पार्टी राष्ट्रीय स्तर पर अपनी जड़ें जमाने के लिए गाँव–गाँव घूम रही थी, तब एक दिन शांति की बस्ती में भी आई थी।

छोटी–सी उस बस्ती में नेताओं का आना उन दिनों किसी मेले की तरह मनाया जाता था। पंचवर्षीय योजना की तरह नेता भी पाँच सालों में दो बार आते थे। राज्य एवं राष्ट्रीय चुनावों के प्रचार के लिए। बस्ती का मुखिया और शांति का पति गोपाल नेतागिरी में सबसे आगे था। वही इन नेताओं को कुछ वोटों का लालच देकर बस्ती तक खींच लाता था। वरना देश की हर छोटी बस्ती में जाना कहाँ इन नेताओं के लिए संभव है। गोपाल पहले कक्का–जू की विरोधी पार्टी का वफ़ादार था। फिर किसी गाँव में उसने कक्का–जू का भाषण सुना और अपने मतलब की बात पकड़ते ही उनकी पार्टी का वफ़ादार हो गया।

दूसरे लोग भले इसे गोपाल की दल–बदली या दगाबाज़ी मानें, पर गोपाल इसे ख़ुद के प्रति वफ़ादारी मानता था। इस देश की छोटी–छोटी बस्तियों में

रहने वाले गोपाल जैसे लोग नेकदिल और ज़रूरत के मारे होते हैं, उन्हें जहाँ अपना भला दिखता है उसी के सगे हो जाते हैं, "दिन में मजूरी, दो वक़्त का खाना और रात में थकान भुलाने को दारू, जो नेता दे दे, अपने लिए तो वही भगवान्...अपन ये राजनीति-फाजनीति क्या जानें...ये अपने मतलब की बात भी नहीं, ये तो बड़े लोगों के काम हैं, जिन्हें रोटी और छत की चिंता नहीं होती," गोपाल ने जब पार्टी बदली थी तो बस्ती के अपने कुछ साथियों को समझाते हुए कहा था।

"ये सब झूठ कहता है...इतने सालों से जो पार्टी तुम्हारा पेट पाल रही है अब उनके साथ ही दगाबाज़ी अच्छी बात नहीं होगी," गोपाल की बातों में आकर लोग कहीं कक्का-जू की पार्टी को वोट न दे दें इसके लिए विरोधी पार्टी के वफ़ादार अंतु ने गोपाल की बात को काटते हुए कहा था।

"हम तो कहते हैं कोई तुमसे आकर कहे कि फलां आदमी दो रोटी ज़्यादा देगा अपना बाप बदल लेओ...तो बदल लोगे क्या?...अरे 'जनता-जनार्दन' कोई पार्टी नहीं है...माई-बाप है...हमें आज़ादी कौन ने दिलाई?" अंतु के ही एक साथी और 'जनता-जनार्दन' के वफ़ादार राधे ने अंतु की बात आगे बढ़ाई।

"जनता-जनार्दन ने," अंतु बोला।

"बताओ जिसने आज़ादी दिलाई, इतने सालों तक जीने के लिए साधन दिए, काम दिया, राशन-पानी दिया, अपने ख़ुद की ज़मीनें दीं उससे ही दगा करोगे?" राधे पूरे जोश में बोल रहा था।

"अरे ये सब पुराने टोटका हैं राधे भैया...तुम भी समझ से काम लो...आज़ादी के बाद से इतने साल बीत गए लेकिन आज तक बस्ती में सड़क नहीं बन पाई...सावन शुरू हुआ नहीं कि कीचड़-कादो में नहाते हुए चौमासे भर मंडी जाओ...शहर जाओ...अरे इस पार्टी के कर्ता-धर्ता सब स्वर्ग सिधार गए, पीछे जो बचे उनसे कुछ सँभल नहीं रहा, देश क्या सँभालेंगे...। अरे जिसने इस देश में जन्म नहीं लिया, इसकी मिट्टी में नहाए नहीं अब उनके भरोसे तो देश नहीं छोड़ सकते ना," गोपाल ने राधे और अंतु की बात को सिरे से ख़ारिज करते हुए कहा था। फिर बस्तीवालों से बोला था, "अच्छा तुम्हीं लोग बताओ...नेता हो तो अपने देश का अपनी मिट्टी का हो कि नहीं?"

"और क्या सही तो कह रहे...नेता तो अपनी मिट्टी का, अपने देश का

ही होना चाहिए,'' गोपाल के पीछे-पीछे बस्तीवालों की एक सुर में आवाज़ उठी थी।

उस दिन गोपाल की दल-बदली के साथ ही कुछ और लोगों ने 'जनता-जनार्दन' को छोड़कर कक्का-जू की पार्टी को चुन लिया था। वह पहली बार था जब उस बस्ती के लोग दो दलों में बँटे थे, वरना इससे पहले मजाल थी किसी की जो गोपाल के खिलाफ़ जाए। जो गोपाल ने कह दिया बस उसी दल के नेता को चुनाव जिताना है। देश की ढेरों छोटी बस्तियों की तरह यह बस्ती भी आज तक इसी भ्रम में जी रही थी कि, ''अगर हमारी बस्ती 'जनता-जनार्दन' को वोट न देती तो वो चुनाव जीतती? अरे अब तो 'प्रधानमंत्री' जी का फ़र्ज़ बनता है कि हमारी बस्ती के लोगों की भी तरक्की कर दें,'' शांति जब पागल नहीं हुई थी तब वह इसी तरह की समझदारी वाली बातें करती थी।

वह और उसके साथ सारी बस्ती सालों से इसी उम्मीद में थी कि 'किसी-न-किसी दिन तो प्रधानमंत्री जी को हमारे वोटों की कृपा का एहसास होगा और वो हमारे लोगों की भी भलाई करेंगे।'

शांति को लगता कि इतना बड़ा देश है, प्रधानमंत्री जी सारी बस्तियों की सुनते-सुनते उनकी बस्ती तक आएँगे तो समय तो लगेगा...इतना आसान थोड़े है इतने बड़े देश को चलाना।

जब गोपाल ने दल-बदली की तो शांति बहुत भड़की थी, ''इतने सालों से इंतज़ार कर रहे थे प्रधानमंत्री का...अब अपनी ही बस्ती की तरक्की का नंबर था, अब तुमने दल बदल लिया...बताओ अब कौन तरक्की करेगा...आधे लोग तो 'जनता-जनार्दन' के हो गए...आधे कक्का-जू की पार्टी के...दो भगवानों को पूजने वाले का कभी भला नहीं होता...एक भगवान सोचते हैं कि दूसरे भला कर देंगे''

''अरे पगली है तू...पूरी बस्ती में बस राधे और अंतु ही हैं जो अब जनता-जनार्दन के साथ हैं...बाकी पूरी बस्ती हमारे साथ ही है...और तू देख लेना...जो एक बार कक्का-जू जी हमारी बस्ती में आ के भाषण दे गए तो राधे और अंतु भी कैसे उनकी पार्टी के हो जाँगे...और ये बात तू पक्की मान ले कि एक बार जो कक्का-जू हमारे प्रधानमंत्री बन गए ना तो बस्ती की तरक्की के लिए सालों इंतज़ार नहीं करना पड़ेगा।''

गोपाल की इस दलील ने शांति को नई सोच दी। नई उम्मीद दी। अब वह सालों से किए जा रहे जनता-जनार्दन के प्रधानमंत्री के इंतज़ार को भूलकर झटपट तरक्की के लिए कक्का-जू की पार्टी के लिए दुआ मांगने लगी। उनके भाषण वाले दिन का इंतज़ार करने लगी।

गोपाल की बहुत कोशिशों के बाद अंततः वह दिन भी आ गया जब गाँव में मेला, मतलब कक्का-जू का आगमन हुआ।

बस्ती के बाहर खाली पड़े एक खेत में मंच बनाया गया था। कुछ दिन पहले से तैयारियाँ शुरू हो गई थीं। खेत को मुरम से पूरा गया था। पूरने के इस काम में मुरम की ललाई बस्ती के कई घरों से और उन घरों में रहने वालों के कपड़ों से लिपटी देखी जा सकती थी। आदमियों को तो क्या फ़र्क पड़ेगा। औरतें परेशान हो गई थीं, कपड़े घिस-घिसकर। इसी मेहनत के चलते नए नेता पर थोड़ा गरिया लेती थीं। मंच बनते ही पंडाल लगा। 'मस्ताना टेंट' वाले से यह पंडाल भी पंचवर्षीय योजना के तहत पाँच साल में एक बार ही गाँव में लाया जाता था। इस बार दो बार लाया जाएगा। एक बार जनता-जनार्दन के लिए एक बार कक्का-जू की पार्टी के लिए। मस्ताना टेंट वाला इस दूसरी पार्टी के हरकत में आने से खुश था। उसका धंधा थोड़ा बढ़ गया था।

टेंट लगने के साथ ही साज-सज्जा का काम शुरू हो गया। पतंगी कागज़ से छोटी-छोटी तिकोनी रंग-बिरंगी पतंगें पूरे पंडाल में सजा दी गईं। कक्का-जू के पोस्टर्स लगाए गए। पोस्टर जिस पर साथ में गोपाल का हाथ जोड़े फ़ोटो भी बना था और लिखा था, "डुमराटोली के वासी माननीय कक्का-जू का स्वागत करते हैं।" पोस्टर पर यह खास ध्यान रखा गया था कि गोपाल का फ़ोटो कक्का-जू जी से थोड़ा नीचे बने...पार्टी सेवक पार्टी के नेता से थोड़ा नीचे ही है और नेता को उस पर कृपा दृष्टि बनाए रखनी है, उसका मकसद बस यही दिखाना था।

बस्ती के सब घरों की दीवारों पर चिपके कक्का-जू भी हाथ जोड़े हुए थे। मुस्कुराती-सी उनकी छवि में सम्मोहन इतना था कि बस्ती की औरतें अपने घर की दीवारों से घंटों नज़र नहीं हटाना चाहतीं। गाँव में मेला था तो गुब्बारे और पीपी वाले, चाट के ठेले, भुजिया-भजिया-कचौरी-जलेबी के ठेलेवाले, छल्ले-खिलौनेवाले भी समय पर आ पहुँचे थे।

कक्का–जू के आने का समय सुबह ग्यारह बजे निर्धारित हुआ था। बस्ती और आस–पास के गाँवों की जनता ने पिछली रात से ही पंडाल में अपनी–अपनी चद्दर बिछाकर अपनी जगह घेरनी शुरू कर दी थी। सबको एक नए नेता को पास यानी बहुत पास से देखना था। सब पंडाल में मंच के बिलकुल क़रीब बैठना चाहते थे। उनका वश चलता तो कक्का–जू को नीचे और वे सब ख़ुद मंच पर बैठ जाते। ऊपर से नीचे देखने पर साफ़ ही दीखता होगा ना।

कक्का–जू के आने का समय पास आने तक पंडाल के साथ–साथ घरों की खपरैलों, पेड़ों और टीलों पर भी लोग जम चुके थे। गर्मी ख़त्म होकर बारिश शुरू होने के दिन थे, इसलिए उमस ने सबके बदन पसीने की चिपचिप और बदबू से भर दिए थे। मगर वे सभी अपनी मेहनत के इस पसीने को सूँघने के इतने आदी थे कि उन्हें न उस चिपचिप से फ़र्क पड़ना था न बदबू से। हाँ बस इतनी दुआ सब माँग रहे थे कि बारिश न हो और यह मेला राज़ी–ख़ुशी पूरा हो जाए।

अतंत: कक्का–जू आ पहुँचे। जयकारों से आसमान गूँज उठा। यह हमारे देश की जनता का भोलापन ही है कि समर्थक चाहे किसी पार्टी के हों, जिसका भाषण सुनने गए उसके जयकारों में पीछे नहीं हटते। नेता की सभा में जयकारों का जो महत्त्व है वह इस देश के गाँवों की जनता को बखूबी पता है। वे जितनी मेहनत से फावड़ा चलाते हैं उतनी ही मेहनत से गले से आवाज़ निकालते हैं। कक्का–जू अपने इस भव्य स्वागत से बेहद खुश हुए और तब लोगों ने पोस्टर्स में बिखरी उनकी मोहक मुस्कान को सजीव, जीता हुआ देखा। उस मुस्कान के साथ न जाने कितनी ही मुस्कानें बिना किसी कारण के पंडाल में चमक उठीं।

पंडाल को पार करके कक्का–जू मंच पर पहुँचे।

"भारत माता की जय...।"

"लाल फूल ज़िंदाबाद...।"

"कक्का–जू...अमर रहें अमर रहें..."

चारों ओर से लगते नारों से आसमान गुँजायमान था। कक्का–जू के चेहरे पर मुस्कराहट ऐसे सजी हुई थी जैसे वह उनके शरीर का कोई अंग हो। उन्होंने माइक पकड़ा और एक आवाज़ पंडाल के बाहर दूर तक हवा में

गूँजी...''देश वासियो...''...चहुँओर से फिर जय-जयकार होने लगी। उन्होंने बोलना शुरू किया।

''भाइयो और बहनो...पिछले कुछ दिनों से एक विशेष यात्रा पर हूँ...। लोग इसे चुनावी दौरा कहते हैं...मगर मेरे लिए यह यात्रा है...भारतभूमि के कोने-कोने तक जाकर अपनी भारतमाता की संतानों से मिलना दौरा नहीं हो सकता...यह विशेष यात्रा है जिसका पड़ाव आज आपके गाँव में लगा है... भले ही आपके गाँव से हमारी पार्टी पहली बार चुनाव लड़ रही है...लेकिन आपके राज्य की यात्रा करके मैं अब यकीन से कह सकता हूँ कि इस बार आपके राज्य में हमारी सीटें बनने वाली हैं...हमारी सरकार बनने वाली है...।''

''भारत माता की जय...।''

''लाल फूल ज़िंदाबाद...।''

''कक्का-जू...अमर रहें अमर रहें...'' तालियाँ और जयकारे इस तरह बज रहे थे जैसे उन्हें एक नगाड़े की धुन के साथ सेट करके प्ले बटन दबा दिया हो। एक ताल में, हर उस जगह जहाँ ज़रूरत हो...और वहाँ भी जहाँ ज़रूरत न हो। कक्का-जू ने बोलना जारी रखा...

''मैं आपसे बड़े-बड़े वादे नहीं करूँगा...बड़े वादे तो बड़े लोग करते हैं...राज-घरानों के लोग करते हैं...जिनकी पुश्तें बरसों से सरकार चलाती आ रही हैं...लेकिन फिर भी गाँव के किसान के पास कोई सुख-सुविधा नहीं है... सड़क नहीं...हमारे गाँव की बेटियों को जल्दी पढ़ाई छोड़नी पड़ती है, क्योंकि उनके गाँव में उनके लिए स्कूल नहीं होते...। बिजली-पानी की समस्या से गाँव जूझ रहे हैं...और मैडम जी की सरकार अमीरों को और अमीर बनाती जा रही है...मैंने एक बार मैडम जी से कहा था...आपको चुनाव जीतना है तो पहले अच्छे से हिन्दी बोलना सीख लें...''

''हा हा हा...हो हो हो''...पंडाल हँसी से गूँज उठा...तालियों की आवाज़ के बीच कक्का-जू आगे बोलते रहे।

''जो इस देश की भाषा...यहाँ की सभ्यता...यहाँ की मिट्टी में पैदा नहीं हुआ वह कैसे हमारे गाँव तक पहुँचेगा...मैं भी आपकी तरह इस देश के एक गाँव में पैदा हुआ हूँ...और मैं चाहता हूँ कि मेरे गाँव-गाँव तक पक्की सड़कें... बिजली-पानी पहुँचे...स्कूल पहुँचे...। बस इन्हीं छोटे-छोटे वादों पर आपसे

वोट माँगने आया हूँ...''

''भारत माता की जय...।''

''लाल फूल ज़िंदाबाद...।''

''कक्का-जू...अमर रहें अमर रहें...''

कक्का-जू बोलते रहे। जनता मन्त्रमुग्ध होकर सुनती रही। भीड़ में कुछ ऐसे भी थे जो हाथों से तालियाँ और मुँह से गालियाँ बरसा रहे थे। मगर, कक्का-जू का भाषण ख़त्म होने तक पंडाल से सिर्फ़ तालियों की गूँज उठ रही थी। गोपाल की भविष्यवाणी सच हो चुकी थी। कक्का-जू की बातें सुनकर बस्ती के अधिकांश लोग गोपाल की ही तरह इस बार उनकी पार्टी को अपना वोट देने का मन बना चुके थे। जो अब भी अपने पहले दल के वफ़ादार थे वे बस राधे और अंतु। कक्का-जू का भाषण, गाँव-गाँव को पक्की सड़क से जोड़ने की बात, सर्वशिक्षा की बात, कुछ भी अंतु और राधे को डिगा नहीं पाए थे। वे डिगते भी क्यों, उन्हें न पक्की सड़क की ज़रूरत थी न पढ़ाई की।

पुरखों की छोड़ी ज़मीन थी उस पर खेती करके गुज़ारा हो रहा था। पार्टी की तरफ़ से दारू-पानी का समय-समय पर फ़ंड आता रहता था। लड़कों को पढ़ाने-लिखाने के लिए एक सरकारी स्कूल तो था ही। उन्हें कौन-सा अपने बच्चों को कलेक्टर बनाना था।

''आज तक जिसके दम पर ज़िंदा रहे उससे नमकहरामी तो नहीं ना करेंगे...और ये नयी पार्टी के नेता नहीं हरा सकते 'जनता-जनार्दन' को...पचपन साल से ऐसे ही नहीं जीतती आ रही,'' राधे और अंतु दोनों के ही यही तर्क थे। उन्हें पूरा यकीन था कि हर बार की तरह जनता-जनार्दन ही चुनाव जीतेगी।

''देखो भई...हम तो जितना समझा सकते थे, समझा लिए...अब तुम जानो...'' गोपाल ने इतना कहकर दोनों को उनके हाल पर छोड़ दिया था। राधे-अंतु के न मानने से कक्का-जू को कोई बड़ा नुकसान तो होना नहीं था। दो-चार लोग विरोधी भी तो होने चाहिए ना। इसलिए गोपाल ने उन्हें समझाने की बहुत ज़्यादा कोशिश नहीं की। कक्का-जू की सभा ख़त्म हो चुकी थी। मेला हट चुका था। बस्ती छोड़ने से पहले पार्टी ने बस्ती में अपना एक नेता भी तैयार कर दिया था।

गोपाल सिंह भाषण के बाद से ही बस्ती में कक्का-जू की पार्टी का

नेता बन गया था। कक्का-जू के आने से पहले तक बस्ती को हर चुनाव पर दो महीने का राशन और महीने भर की दारू मुफ़्त मिल जाती थी। नतीजतन बस्ती के सारे वोट जनता-जनार्दन की झोली में बिना किसी ज़ोर-ज़बरदस्ती के चले जाते थे। बस्तीवालों ने जब सुना कि कक्का-जू की पार्टी को वोट देने से सिर्फ़ दो महीने का नहीं बल्कि हमेशा के लिए राशन की व्यवस्था हो जाएगी और राशन में खर्चे जाने वाले पैसे वे दारू में उड़ा पायेंगे तो उन्होंने कक्का जी की पार्टी को जिताने का मन बना लिया।

एक बस्ती में एक पार्टी का नेता हो तो दूसरी का होना भी ज़रूरी हो जाता है। राधे जनता-जनार्दन का नेता बना दिया गया था। उसे ज़िम्मेदारी मिली थी कि जनता-जनार्दन की सभा से पहले बस्तीवालों को समझा-बुझाकर, पुरानी वफ़ादारी याद दिलाकर फिर से उनकी तरफ़ किया जाए। राधे और अंतु यह काम कर भी रहे थे। मगर गोपाल के रहते उन्हें सफलता नहीं मिल रही थी।

जनता-जनार्दन के वफ़ादारों को जब पार्टी के वोट जाने का खतरा मंडराता दिखा तो उन्होंने अपने नेताओं को ख़बर पहुँचा दी। नतीजा यह निकला कि राजनीति के इस चक्रव्यूह में गोपाल सिंह के घर को एक दिन पास में लगे बिजली के खम्बे से हुए शॉर्ट-सर्किट ने स्वाहा कर दिया।

रात का वक़्त था। पूरा परिवार सो रहा था। गोपाल, उसके दोनों जवान बेटे और दो जवान बेटियाँ उस रात उस झोंपड़ी के साथ ऐसे स्वाहा हुए कि गंगा में बहाने के लिए उनकी अस्थियाँ भी नहीं मिलीं। उस रात अगर कोई बचा तो वह थी शांति। जो पड़ोस के घर में बच्चा होने की उम्मीद में सुला ली गई थी। जच्चा-बच्चा के लिए शांति 'डॉक्टर' नहीं थी मगर डॉक्टर से कम भी नहीं थी। गाँव की कितनी ही औरतों की डिलिवरी उसने करवाई थी। पेट देखकर बता देती थी लड़का होगा कि लड़की। मजाल है कि आज तक उसकी बात कोई पैदा होने वाला बच्चा भी काट पाया हो।

उस रात जब शांति ने अपने घर को, पूरे परिवार को पचास फुट दूर से स्वाहा होते देखा तो सदमा बर्दाश्त नहीं कर पाई। वह भी उसी वक़्त उन लोगों के साथ स्वाहा हो जाती अगर गाँव के लोग उसे न रोकते। गाँववालों के रोकने से वह रुक तो गई लेकिन पूरे परिवार की चिता की गर्मी उसके माथे पर चढ़ गई...लोगों ने जिसे पागलपन का नाम दे दिया।

जिस राजनैतिक कु-विचार ने, उससे उपजी कु-चेष्टा ने शांति को पागल किया, वही आज फिर उसकी मौत का कारण बन गई। कितने भोले हैं ये बस्ती वाले जो मान चुके हैं कि शांति को कोई ट्रक कुचल गया। कल रात के अँधेरे में क्या घटा कौन जानता है। पर समय के पन्नों में तो वह दर्ज हो चुका है। कल रात की ही तो बात है जब दिल्ली की राजनैतिक चकाचौंध से दूर, बहुत दूर, इस बस्ती में जहाँ अँधेरा घिरते ही लोग ऊँघने लगते हैं, मेहनत की थकान उनके उनींदे सपनों को मिनिट भर से ज़्यादा टिकने नहीं देती और रात्रि का पहला पहर ख़त्म होते तक पूरी बस्ती गहरी नींद में डूब चुकी होती है, वहाँ एक बार फिर कुछ अनर्थ होने वाला था।

हर रोज़ की तरह कल भी पूरी बस्ती में अँधेरे के साथ सन्नाटा पसरने लगा था। एक-एक करके सभी घरों की बत्तियाँ बुझने लगी थीं, लोग सोने लगे थे, पर कुछ घरों की बत्तियाँ समय पर बंद नहीं हुईं। उनमें लोग जाग रहे थे। कुछ घंटों पहले मिली अपने प्रिय नेता की मृत्यु की ख़बर से दुखी थे। प्रियजन की मृत्यु पर उसके अंतिम दर्शन की इच्छा प्रबल ही उनसे नाना-प्रकार की योजनाएँ बनवा रही थी कि कैसे इतनी दूरी तय कर वे अंतिम दर्शन पा सकें...कैसे गाँव में शोक मनाएँ...क्या करें कि उनके प्रिय नेता के मृत्यु-महोत्सव को मनाने में उनकी तरफ़ से कोई कमी न रह जाए। ऐसे ही कितने ख़याल उनकी नींद को दूर भगा देते थे, पर रात काफ़ी हो चुकी थी और दिहाड़ी की थकान भी हावी होने लगी थी।

अगली सुबह से अगले सात दिन तक घोषित होने वाला राष्ट्रीय शोक इस बस्ती में रहने वाले किसी भी व्यक्ति के लिए 'लीव-विद-पे' नहीं होने वाला था। उन्हें तो सुबह उठते ही मजूरी पर जाना था। तब ही अपनी मेहनत की कमाई का रुपया हाथ लगता। कितनी ही चिंताओं के बोझ से अंततः पलकें मुँद गईं और पूरी बस्ती गहरी नींद में डूब गई...काश कोई और थोड़ी देर तक जागता तो शांति की पुकार सुन पाता...

सबके सोते ही रात ने सोने के विचार से आँखें मूँदी ही थीं कि शांति चिल्लाई। सारी बत्तियाँ बंद होते ही उसने रोज़ की तरह आसमान में पत्थर उछाले और चिल्लाना शुरू कर दिया। सब भले ही सो गए हों लेकिन वह तो जागी है। जिसका कोई घर-बार नहीं है। जो गाँववालों की मुफ़्त की चौकीदार

है। जिसे रात में नींद नहीं आती। आती भी है तो वह सोना नहीं चाहती। सारे होश खोने के बाद भी उसमें यह होश बाकी रह गया था कि "रात में नहीं सोना चाहिए...रात में बुरे सपने आते हैं...रात में आग लगती है...फिर सब जल जाता है...चुपचाप जागते रहो...कुछ कहो मत...हाहाहा," बस यही दोहराती हुई वह किसी चौकीदार की तरह बस्ती भर में पहरा देती रहती।

शांति को रात से डर लगता था। उसे अँधेरे से डर लगता था। रात होते ही आसमान में पत्थर उछाल कर वह अक्सर ही गालियाँ बकती, जाने उसे भगवान से शिकायत थी या रात से या अँधेरे से। अँधेरा जो उसके परिवार को लील गया। उस अँधेरे में वह सोना नहीं चाहती। उसे गालियाँ देते हुए, रात-भर कोसते हुए वह जागती रहती। वह दिन में सोती। सोने के लिए उसका कोई ठिकाना नहीं। कभी किसी घर के चबूतरे पर, कभी किसी मन्दिर के। कभी सड़क किनारे लगे पेड़ की छाँव में। बस्ती के लोग उसे कितनी बार समझा चुके थे कि "ऐसे सड़क किनारे पेड़ के नीचे सोती है, किसी दिन कोई गाड़ी कुचल जाएगी तो क्या होगा?"

"तो क्या होगा...तो क्या होगा...तो मैं भी मर जाऊँगी...जैसे सब मर गए...मुझे भी जला दो...हा हा हा...मुझे भी जला दो...ऊं ऊं ऊं...हा हा हा" बकते हुए वह रोती जाती, हँसती जाती। अट्टहास मार घंटों बेतुकी बातों पर, शोक पर, दर्द पर लगातार हँसने की कला सिर्फ़ पागलों को ही आती है। शांति को उसकी मौत का भय दिखाकर समझाना धीरे-धीरे लोगों ने छोड़ दिया था। पागल को कौन देर तक समझाता। पागल थी तो क्या बस्ती के लोग उसे मन से अपना मानते थे। घर-बार छूटा मगर वह कभी भूखी नहीं सोई। जितने लोगों ने कभी उसके हाथ का खाना खाया वे आज तक क़र्ज़ उतार रहे थे। एक वक़्त का खाना वह होटल में खाती और दूसरे वक़्त का बस्ती में। सबके घर बँधे हुए थे। शाम होते ही जब बस्ती के बाहर से गुज़रने वाली बस शांति को लेकर आती तो जिसका नंबर होता उसके घर का कोई सदस्य शांति को बस ले जाने आ जाता और वह उसके साथ चली भी जाती। यह उस बस्ती का एक नियम था जिसमें कभी कोई नहीं चूका था। होने को तो बस्ती में शांति के नाम की एक झोंपड़ी भी थी। जो बस्तीवालों ने उसके रहने के लिए बनाई थी। मगर जैसे शांति को रात में सोने से डर लगता था

वैसे ही उसे झोंपड़ी के भीतर सोने में डर लगता था।

शांति का घर और उसका परिवार बिजली के खम्बे की वजह से नहीं बल्कि किसी के जलाने से जला था यह बात बस्ती में ज़्यादा दिन तक छुपी न रह सकी। गोपाल के मरने के बाद कक्का-जू की पार्टी ने बस्ती में जिसे अपना नया नेता बनाया उसने ही यह खबर खोजबीन कर निकाली।

"हमारी बात मानो तो सरकारी गवाह बन जाओ और इन हरामी की औलादों को अन्दर करवा दो," नए बने नेता ने कोशिश भी की कि दो-चार गवाह इकट्ठे करके राधे और अंतु को जेल भिजवा दिया जाए, मगर बस्ती में कोई तैयार नहीं हुआ।

"कक्का-जू अभी जीते नहीं हैं...जब जीत जाएँगे तब कर लेंगे राधे और अंतु से हिसाब किताब," बस्ती के एक आदमी ने कहा।

"शांति ठीक-ठाक होती तो कुछ सोचते भी...अब वही पगला गई तो किसके लिए लड़ाई लड़ोगे?" बस्ती के किसी दूसरे आदमी ने कहा।

"अंतु और राधे अगर गोपाल जैसे नेता का घर स्वाहा कर सकते हैं तो बाकियों का कुछ नहीं बिगाड़ेंगे इस बात की क्या गारंटी है," शांति के एक पड़ोसी ने दूसरे को समझाया था।

"अभी तो सब शांति बनाए रखो...जब चुनाव होयेंगे तब देखी जाएगी...माहौल अपने आप ही बता देगा कि कौन-सी पार्टी जीतेगी...उसी हिसाब से हम वोट दे देंगे...तब तक कौन किस पार्टी का किसी से कुछ कहने की ज़रूरत नहीं।"

चुनाव हुए और कक्का-जू की पार्टी जीत गई। बस्ती में किसने किसको वोट दिया, कोई नहीं जानता। जो पूछता उसका ईमान देखकर उसी के मुताबिक जवाब दे दिया जाता। मगर धीरे-धीरे बस्ती की कच्ची सड़क शहर की पक्की सड़क से जुड़ गई। कंट्रोल से राशन लगभग मुफ़्त में मिलने लगा। बस्ती में आँगनबाड़ी के साथ-साथ बच्चों को दो वक़्त का दलिया और शक्कर मिलने लगी। भूखे को क्या चाहिए दो वक़्त की रोटी। बस्तीवालों ने जब यह देखा तो वे खुलकर कहने लगे कि उन्होंने कक्का-जू को वोट दिया था।

अब क्योंकि जिसकी सरकार उसी का हवलदार तो यह मुसीबत भी टल गई थी कि गोपाल के घर की तरह किसी और का घर भी स्वाहा होता।

राधे और अंतु ने अब भी पार्टी नहीं बदली थी। इसलिए बस्तीवालों ने अपने नए नेता के साथ मिलकर ऐसी कार्यवाही करवाई कि दोनों जेल में उम्र कैद की सज़ा काट रहे हैं।

"ऐसे खतरनाक लोगों को बस्ती से दूर ही रखो तो बढ़िया...बेचारी शांति को इतने सालों बाद सही न्याय तो मिला," राधे और अंतु के जेल जाते ही बस्ती के घर-घर में यही चर्चा थी। यूँ तो राधे और अंतु के परिवार बस्ती में ही थे। ऊपर से कक्का-जू के समर्थक भले बन गए थे, मगर भीतर से शांति के प्रति नफ़रत पैदा हो गई थी। उसी की वजह से तो आज उनके घर के मुखिया जेल में हैं।

इस मामूली बैर के अलावा बस्ती में शांति का माहौल है...और यही शांति का माहौल पिछले बीस सालों से है। सब राज़ी ख़ुशी बस्ती में रह रहे हैं। देश में चाहे कोई भी राजा बना हो। बस्ती में कक्का-जू की ही सरकार रही। इसलिए उनको मिलने वाले सुख ख़त्म नहीं हुए।

आज बस्ती के जिन घरों के लोग देर तक जागे वे अपने उस नेता के लिए परेशान हैं जिसने बस्ती तक तरक्की लाने में सालों नहीं लगाए। बल्कि चुनाव जीतते ही तरक्की सड़क पर दौड़ी-दौड़ी उनकी बस्ती तक पहुँच गई। हालाँकि पूरी बस्ती को अभी ख़बर नहीं हुई है। मगर शांति को ख़बर है। और इसलिए वह बस्ती-भर के लोगों को उठाना चाहती है। वह चाहती है कि सब रोएँ। वह भी रोए। सब मातम मनाएँ। यह मातम मनाने का समय है सोने का नहीं।

शांति को मातम मनाना बहुत अच्छा लगता है। वह इसके लिए हमेशा तैयार रहती है। गोपाल के बाद से बस्ती में आज तक जो भी मरा उसकी लाश पर छाती पीटकर अगर कोई रोया तो वह शांति ही है। ये अलग बात है कि उसकी रुलाई देखने वालों को हँसी नज़र आती है, मगर वह असल में रो रही होती है। उसे हर लाश अपने गोपाल की लगती। अपने बेटों की लगती। अपनी बेटियों की लगती। और वह लाश के जलने के बाद उनकी अस्थियों को मुट्ठी में भरकर बस्ती के बाहर बने तालाब में बहा आती है। इससे उसे अपने परिवार की अस्थियाँ बहाने का सुख मिलता है।

"अरे उठो...निकम्मो...कहाँ मर गए...आज सोने का दिन नहीं है...

देखो हमारा नेता मर गया...हा-हा-हा...देखो मेरा गोपाल जल रहा है...देखो मेरे बच्चे जल रहे हैं...देखो हम भी जल रहे हैं...हा-हा-हा...'' शांति बस्ती के मन्दिर की देहरी पर खड़ी बस्तीवालों पर चिल्ला रही थी। हरी साड़ी में लिपटी। पीला ब्लाउज़ पहने, जिसमें से आधी छाती बाहर झाँकते हुए लजा रही थी। जिसके सर के बाल नुचे हुए, बिखरे और सूखी घास के गुच्छे जैसे दिख रहे थे। जिसके मुँह पर शाम की खाई दाल लगी थी। और जिसने सड़क पर पड़ी एक फटी हुई पन्नी को अपना घूँघट बनाया था। वही शांति थी जो सबको उठाने के लिए चिल्ला रही थी। उठाती तो वह रोज़ ही थी पर कल रात की उसकी पुकार में व्याकुलता थी। एक ख़बर ने उस पागल के मन को भी व्याकुल कर दिया था।

शांति की एक ख़ास बात यह भी थी कि बस्ती में कोई ख़बर अगर सबसे पहले किसी को पता चलती तो वह शांति को। बिना मोबाइल, बिना इन्टरनेट के उसके पास सारी ख़बरें रहतीं। वे ख़बरें उसके कानों से घुस उसकी ज़ुबान से निकल जातीं। न वे ख़बरें उसके मन तक जातीं न दिमाग तक। हाँ वह जो ख़बरें सुनाती वे सभी उदास ख़बरें होतीं। बस्ती से तीन किलोमीटर दूर, हाईवे पर बने जिस ढाबे पर शांति ये सारी ख़बरें सुनती, वहीं वह सारी अच्छी ख़बरों को छोड़ सिर्फ़ उदास खबर को ले आती है। उसे सिर्फ़ मरने या मारने की ख़बरें ही सुनाई देतीं। बाकी ख़बरें उस पर बेअसर रहतीं।

टन-टन-टन-टन-टन-टन रात के डेढ़ बजे जब शांति के चिल्लाने से कोई नहीं उठा तो उसने मन्दिर के बाहर लगा घंटा बजाना शुरू कर दिया।

''उठो...आज सोने का वक़्त नहीं है...हमारा नेता मर गया है...उसे जलाने ले जा रहे हैं...हमें भी जलना है उसके साथ...जैसे मेरा गोपाल जल गया... जैसे मेरे बच्चे जल गए...'' शांति फिर चिल्लाई और रोने लगी। उसका यूँ मन्दिर की घंटी बजाना भी कोई नयी बात नहीं थी। बस्तीवाले इस आवाज़ से डिस्टर्ब नहीं होते थे। उनके लिए यह आवाज़ उतनी ही सामान्य थी, जैसे रात-बिरात कुत्ते का रोना।

मगर, शांति कल रात वाक़ई उदास थी। उसका नेता मर गया था। जिसे उसका गोपाल भगवान मानता था। वह खबर सिर्फ़ शांति नहीं बल्कि बस्ती के सभी लोगों के लिए 'आम राजनैतिक ख़बर' नहीं थी।

जो गया वह उनका अपना नेता था। उनके अपने 'कक्का-जू'। इस बस्ती के घर-घर में कक्का-जू भगवान् से कम हैसियत नहीं रखते हैं। बस्ती भर को मिल रहा सस्ता राशन, इन्हीं की देन है। अब मजूरी मिले न मिले, मजूरी मिलते हुए भी मजूरी करे कि दारू पीकर पड़ा रहे दो टेम का भात-शक्कर तो सबकी झोली में लगभग मुफ़्त आ रहा है।

'अंधे को आस क्या और भूखे को प्यास क्या', की तर्ज पर यह गाँव कक्का-जू का मुरीद हो गया, क्योंकि अब भूख से पहले ही राशन का इंतज़ाम होने लगा था। टन-टन-टन-टन-टन-टन जब पहली बार घंटा बजाने से कोई नहीं उठा तो शांति ने फिर एक बार घंटा बजाया। फिर वही बात दोहराई—"उठो...आज सोने का वक़्त नहीं है...हमारा नेता मर गया है...उसे जलाने ले जा रहे हैं...हमें भी जलना है उसके साथ...जैसे मेरा गोपाल जल गया...जैसे मेरे बच्चे जल गए..."

शांति चिल्लाती रही। मगर कोई नहीं उठा। कोई उठने वाला नहीं था। थक-हारकर शांति मन्दिर के पीछे चबूतरे पर लेट गई। मगर वह तब भी चिल्ला रही थी, "हमारा नेता मर गया...उठो...वह जल रहा है..."

"अरे चुप हो जा...बहुत देर से सुन रहे हैं...बंद कर...बहुत ही घटिया आदमी था जो मरा...साला चूतिया...भेन का लबड़ा...साला हरामी...इसी भेन्चोद की वजह से हमाए बाबूजी जेल में हैं..."

"आह..." शांति ने जब मन्दिर के पीछे झाड़ियों में से आती आवाज़ें सुनीं तो उसने उस दिशा में एक पत्थर दे मारा। पत्थर जाकर सीधे किसना को लगा। किसना राधे का बेटा है। राधे के जेल जाने के बाद से ही मन-ही-मन किसना कक्का-जू का कट्टर दुश्मन हो गया है। बस्ती में उसके परिवार की इज़्ज़त गई सो गई। बाप के लिए केस लड़ने के चक्कर में सारी ज़मीन बिक गई। अब दिहाड़ी पर घर पल रहा है। यही हाल किसना के साथ बैठे अंतु के बेटे राजू का था जो उस वक़्त अँधेरे में ही किसना के माथे पर हाथ रखे ख़ून रोकने की कोशिश कर रहा था।

"साली हरामन...ले रे राजू...आज इसे तरीके से रुला ही दें...बहुत गर्मी भरी है इसके भीतर...आज सारी निकाल दें..." किसना ताव में उठा और एक तमाचा शांति के मुँह पर जड़ दिया। मन्दिर के भीतर एक पीला लट्टू जल रहा

था। जिसकी पीली रौशनी पीछे की दीवार के रोशनदान से बाहर फूट रही थी। उस रौशनी को भी रात बुझा देना चाहती थी। ताकि उसकी सहेली, जिसने रात को बीस सालों से कभी अकेला नहीं छोड़ा, को रात यूँ मिटता हुआ न देख पाए। रात ने आज डर से अपनी आँखें मूँद लीं। तारे बुझ गए। चाँद डूब गया। काले घनेरे बादलों को ओढ़ रात दुपक गई।

''बहुत रोने का शौक है ना तुझे...'' राजू ने पहले शांति के बालों का झोंटा पकड़ा फिर उसके दोनों हाथ जकड़ लिए।

''ए हरामियो...मार डालो...सबको जला दूँगी...आऽऽऽह...'' किसना ने फिर एक थप्पड़ मारा और अपनी शर्ट खोलकर शांति के मुँह में ठूँस दी। ताकि मन्दिर के भीतर का भगवान शांति की चीखें सुनकर उठ न जाए।

राजू ने अपनी शर्ट खोलकर शांति के हाथ बाँध दिए ताकि वह दुहाई में उस भगवान के आगे गिड़गिड़ा न पाए...कुछ ही देर में उन दो राक्षसों ने मन्दिर के पीछे की दीवार की ओट में शांति को पूरी तरह भगवान तक पहुँचने में असहाय बना दिया। शांति छटपटाती रही और दो दरिन्दे उसे रौंदते रहे। जिस रात के होने के डर में शांति सोती नहीं थी, आज उस रात ने जागती हुई शांति को मरते देखा।

अगली सुबह सड़क किनारे एक कुचली हुई लाश मिली...बस्तीवालों ने कपड़ों से अंदाज़ा लगा लिया कि मरने वाली शांति ही है।

''कितनी बार समझाया था कि सड़क किनारे मत सोया कर...किस्मत का लिखा कौन बदल सकता है...'' बस इतना ही इलज़ाम किस्मत के नाम हवा में फेंककर बस्तीवालों ने शांति के टुकड़ों को उसी आग के हवाले कर दिया जिससे वह जीवन भर डरती रही।

रैना बीती जाए...

"कोई यकीन नहीं करेगा कि तुम बाल कलर नहीं करते, वर्ना इस उम्र में तो..." मीरा आकाश को छेड़ रही थी।

"ओह कम ऑन मीरा...आई एम जस्ट फ़ोर्टी...। हार्डली थ्री इयर्स ओल्डर देन यू!"

यह आकाश का पलटवार था। सुनिश्चित कर लेने के बाद कि मीरा पर जवाबी हमला सही बैठा है, हाथों को ख़ास अदा में बालों में फिराते हुए वह आगे बोला, "अब मेरी सेहत ही इतनी अच्छी है कि मुझे बालों को आर्टिफ़ीशियल कलर करने की ज़रूरत नहीं पड़ती..."

आकाश की इस बात पर होटल का लाउन्ज दोनों के ठहाकों से गूँज उठा, जैसे पानी का कोई सोता अचानक फूट पड़ा हो।

रिसेप्शनिस्ट ने दोनों को देखा और एक मद्धिम मुस्कान उसके चेहरे पर भी पसर गई। तक़रीबन पन्द्रह मिनट पहले, वे दोनों वहाँ आकर बैठे थे। उम्र के दूसरे पड़ाव में कदम रख रहे इस जोड़े के बीच की बातें कहीं से भी उम्र की चुगली नहीं कर रही थीं। ग़ज़ब का कैशौर्य और उत्साह था उनकी बातों में...

"बेटा है या बेटी?" देर से गूँजती उनकी खिलखिलाहट पर अचानक ही एक लगाम लगी थी।

आकाश के इस सवाल का जवाब देते हुए मीरा ने, "काश ये सवाल पूछने के लिए तुम तब वहाँ होते जब वो पैदा हुआ था," कहते हुए न जाने क्यों मुँह दूसरी ओर फेर लिया था। "तो क्या अब मुझे उसके बारे में कुछ भी जानने का कोई हक़ नहीं?" आकाश की आवाज़ में दर्द था और शायद माफ़ी भी...

"तुम पर ही गया है...जानता है कि आँखों में ज़रा आँसू दिखे और मैं

पिघल जाऊँगी।''

आकाश कुछ और कहता उससे पहले ही उसका फ़ोन बज उठा। फ़ोन सुनते ही उसने मीरा से कहा, ''चलो रात में मिलते हैं...इस वक़्त जाना ज़रूरी है।''

''हाँ पॉपुलर हो...समय पर पहुँचकर इमेज बनाए रखने का लोड तो रहेगा ही,'' मीरा ने कहा और एक बार फिर दोनों मुस्कुरा दिए, मगर इस मुस्कान में खिलखिलाहट वाली गर्मजोशी नहीं थी। माहौल को हल्का बनाने की वह मजबूरी थी, जो विदा लेते समय दोनों के चेहरों पर पसरी।

पर क्या मुस्कुराने से पुरानी बातें मीरा के ज़हन को नहीं कुरेदेंगी? आकाश पॉपुलर हो गया है। एक बड़ा लेखक। दो हिट फ़िल्मों की पटकथा लिखने वाला। तो क्या हुआ? मीरा ने भी तो सात सालों में बतौर पत्रकार अपनी इमेज बना ली है। ऐसा नहीं था कि इतने सालों में दोनों एक-दूसरे से मिल नहीं सकते थे, या जानकारी नहीं रख सकते थे। इन्टरनेट के ज़माने में कुछ भी असंभव नहीं, मगर आकाश ने ख़ुद को सोशल मीडिया से दूर रखा। कुछ हद तक मीरा ने भी।

आज सात सालों बाद दोनों जब एक साहित्य सम्मेलन में टकराए तो वह भी कोई अप्रत्याशित घटना नहीं थी। बल्कि इस बार मीरा ने 'न मिलने' की कोशिश नहीं की। सामना होना मंज़ूर कर लिया।

सामना होने के बाद होटल में जितनी देर की मुलाक़ात संभव थी वह हो चुकी थी, मगर इतने से ही तसल्ली कैसे मिलती? इतने सालों में क्या हुआ, क्या नहीं? यह जान-देख लेने के बाद शिकवे-शिकायतें कर लेने के बाद शायद इतने सालों की कसर पूरी हो, आकाश ने ख़ुद ही अपने-आप को मीरा के घर आने के लिए न्योत लिया था।

आकाश की रात बहुत देर से होती है, यह मीरा को याद है। बावजूद इसके, आज का यह इंतज़ार बहुत लम्बा लग रहा है।

हॉल में लैपटॉप पर मद्धिम रौशनी चमक रही है और लता जी गा रही हैं, ''रैना बीती जाए...श्याम न आए...'' सुर मिलाते मीरा के होंठ भी साथ में आदतन गुनगुना रहे हैं मगर उसका मन अपने श्याम के इंतज़ार में भटक रहा है। बड़े अरसे बाद आज मीरा किसी के इंतज़ार में यूँ गुनगुनाते हुए रात काट रही है। आधी से ज़्यादा रात बीत चुकी है। ब्रह्म मुहूर्त की बेला की

सूचना देते हुए घड़ी यूँ तो सुबह के चार बजा रही है, मगर शनिवार की रात देर तक जागने वाला यह शहर अब धीमे-धीमे सोना शुरू हुआ है। बालकनी में खड़ी मीरा ने एक बार फिर अपने आस-पास की बिल्डिंग्स को देखा जहाँ अब भी कुछ खिड़कियों से अलसाई-सी रौशनी झाँक रही है। चाँद भी अब थककर सोने के इंतज़ाम में लगा है, मगर मीरा की आँखों में दूर तक नींद नहीं, सिर्फ़ इंतज़ार है।

आज जब बालकनी में खड़ी हुई है तो मीरा को लग रहा है, अपने ही घर का एक ऐसा कोना देख रही है जो अचानक ही उसके सामने आ गया हो। भागमभाग की ज़िन्दगी में सुस्ताकर दो पल बालकनी में वह कभी खड़ी कब हुई, बालकनी से उसका आज तक कपड़े सुखाने और सूखे कपड़े उठाने भर का रिश्ता रहा। बेटे की सुरक्षा में अक्सर ही बंद रहने वाले बालकनी के दरवाज़े आज जब रातभर खुले रहे तो घर ने भी जैसे सालों बाद ताज़ा हवा की साँस ली है। मीरा का मन जैसे उसके शरीर से छिटककर बाहर आ गया हो और उसे दुत्कार रहा हो कि क्यों आज तक वह अपने लिए, सिर्फ़ अपने लिए यहाँ कुछ पल को ठहरी नहीं। और मीरा, अपने मन को समझाने के लिए बुदबुदा रही है, ''यहाँ से सड़क दूर तक जाती दिखाई देती है। जिस पर दूर से आने वाले भी दिख जाते हैं। कभी जब इंतज़ार करना हो तो यहाँ खड़े होना बेहतर विकल्प है। दूर से ही आने वाला दिख जाता है और इंतज़ार वक़्त से कुछ पहले ख़त्म हो जाता है। वरना इस बालकनी में खड़े होकर और कोई क्या करेगा। दूर तक फैली माचिस की इन डिब्बीनुमा इमारतों में जगमग सफ़ेद रौशनी, कुछ बन रही इमारतों के खाली खोखे और अपने कन्धों पर हज़ारों आदमियों तक ऑक्सीजन पहुँचाने की ज़िम्मेदारी में दम तोड़ते कुछ मुट्ठीभर पेड़। सब कितना बेरंग है। न किसी को उसके घर से पहचाना जा सकता है, कि भई अलाने के घर में नीम लगा है, फलाने की छत पर लाल पट्टी है, सबके घर एक से हैं। जैसे सबको एक-सी वर्दी पहना दी हो। एक रंग की स्कूल यूनिफ़ॉर्म की तरह। न किसी को उसकी चाल-ढाल, हाव-भाव से पहचाना जा सकता है। बच्चे जो घरों की बालकनियों में लगी जाली से हाथ बाहर निकालते हैं, या स्कूल ट्यूशन की भागदौड़ में लगे हैं, वे भी सब एक से। माता-पिता नौकरी-दफ़्तर के लिए चेहरों पर सारी दुनिया का बोझ

उठाए, वे भी सब एक से। सुबह-शाम दादा-दादी उन दम तोड़ते पेड़ों से अपने हिस्से में थोड़ी ज़्यादा ऑक्सीजन माँगते, कुछ छोटे बच्चों को घुमाते, वे भी सब एक से। यहाँ कोई अलग क्यों नहीं दिखता। कैसे किसी में अंतर करें। कैसे जानें कि आठवें माले वाली अपनी है या दूसरे माले वाली। यहाँ सबको मालों से पहचानते हैं। क्योंकि छत और ज़मीन तो किसी की है नहीं। सब हवा में लटके हुए हैं। जिसे 'माला' कहते हैं। किसी बड़ी अलमारी की कोई दराज़ हो जैसे।

सुबह के इस पहर में दूर तक सन्नाटा है। कुत्ते बस अपनी आवाज़ से शहर के ज़िंदा होने का एहसास करा रहे हैं। गाँव में लोग कहते हैं कि रात के वक़्त अगर एक साथ कुत्ते रोएँ तो मतलब वहाँ किसी प्रेत का साया है। यहाँ तो हर रात ही कुत्ते रोते हैं। शायद इन कुत्तों को रोज़ ही प्रेत दीखते हों। वे इन्सान जो ढर्रे की ज़िन्दगी में एक तरह से चले जा रहे एक लाइन में लगे हुए आगे बढ़े जा रहे, भागमभाग में जीवन कहीं खोकर सिर्फ़ प्रेत-नुमा शरीर ही तो बाकी रह गया है। न जाने किन ख़यालों में डूबते-उतरते हुए मीरा अपने आज में चली आयी है।

महानगर की इस भागमभाग वाली ज़िन्दगी में उसका अपना जीवन है और उसका उद्देश्य भी, उसके बच्चे के रूप में।

उसका बच्चा, सिर्फ़ उसका बच्चा ही उसका जीवन है, पर यह क्या हो रहा है!

आज आकाश से मिलने के बाद उसे एक बार फिर अपने जीवन में रंगों की कमी खल रही है। अब वह चाहती है कि उसके इस जीवन में कुछ और रंग महकें। उसने किस तरह अपने जीवन में अपने बच्चे के इस सुन्दर रंग को खिलाने के लिए चारों ओर बिखरे काँटों की परवाह नहीं की थी, यह जाने बिना उसकी ज़िन्दगी को दूर से देखने वालों को समझ नहीं आएगा कि अब उसके जीवन में उसे कुछ और रंग क्यों चाहिए।

टोंक की रहने वाली मीरा उन दिनों जयपुर में पत्रकार थी। उम्र के अट्ठाईस बसंत बीत गए थे। एक ढर्रे की ज़िन्दगी थी। कुछ आम से मसले थे, जैसे माँ की रोज़ फ़ोन पर झिड़क, "अट्ठाईस की हो गई, अब तो नखरे मत कर," और मीरा का जवाब, "मुँह उठाकर किसी से भी तो शादी नहीं

कर सकती ना माँ।''

इसके अलावा बाकी सब सामान्य था, बस उसके पिता का ब्लड प्रेशर अक्सर मीरा को लेकर बढ़ जाता।

''कितनी बार कहा था...कोई ढंग की पढ़ाई कर लेती...पत्रकार बनेंगे साहब...अरे किताबों ने इसका दिमाग ख़राब कर दिया है...स्वच्छंदी हो गई है।'' मीरा जब लगातार लड़के रिजेक्ट करने लगी, घर आने में आना-कानी करने लगी तो अक्सर ही उसके पिता उसकी माँ को इसी तरह के ताने मारने लगे।

उनका मानना था कि मीरा की शादी न करने की ज़िद के पीछे उन्हीं दोयम दर्जे के विदेशी लेखकों और घटिया किताबों का हाथ था, जिन्हें वो दिन-रात पढ़ती रहती है। मीरा तो घर में रहती नहीं थी, इसलिए सारा गुस्सा माँ पर उतरता, ''अरे जब कहता था ये मार्क्स-वार्क्स की किताबें, मत पढ़ाओ तो बड़ी ख़ुश होती थीं, लड़की अंग्रेज़ी किताबें पढ़ रही है, अब देखा है समाज वाले कैसी नज़रों से देखते हैं...बूढ़ी करके बेटी ब्याहेंगे क्या?'' इधर माँ चुपचाप सुन लेतीं उधर मीरा को इससे कोई फ़र्क नहीं पड़ता था। वह अपनी ज़िन्दगी का निर्णय ले चुकी थी। शादी अगर कभी करेगी तो पसंद के लड़के से। ख़ोज लम्बी चली मगर एक दिन मीरा को अपनी पसंद का वो लड़का मिला...आकाश।

उन दिनों मीरा हॉस्टल में रहती थी। हॉस्टल से रात-बिरात निकलने के लिए सहेली का बहाना सबसे आसान, उसमें भी यदि सहेली लेने आ जाए तो कौन रोकने वाला है। ये बहाना भी कौन-सा मीरा को रोज़ बनाना होता था, मुंबई में रहने वाला टीवी-सिनेमा का लेखक आकाश साल में चार-पाँच बार ही तो आता था। उसके अलावा मीरा कभी अपनी सहेली के घर रात रुकने नहीं जाती थी। फ़ेसबुक तब नया-नया था और वही इनकी दोस्ती का पहला गवाह भी। वक़्त के साथ मित्रता प्रेम में बदली। सालभर एक-दूसरे को पूरी तरह परख लेने के बाद दोनों आगे बढ़े। उनकी प्रकृति भी कुछ चुनकर बनाई थी ऊपरवाले ने। दोनों ही आराम से रिश्ते को बनाने और बढ़ाने में यकीन रखने वाले। जैसे शक्कर के दाने धीमे-धीमे मुँह में घुलकर स्वाद देते हैं, वैसे ही दोनों प्रेम के इस रिश्ते का स्वाद भी धीमे-धीमे ले रहे थे। दोनों की इस फ़ितरत की जानिब एक फ़लसफ़ा उम्र का भी था कि दोनों उम्र के उस पड़ाव

पर थे, जहाँ छोटे बच्चे भैया-दीदी की जगह अंकल-आंटी पुकारने लगते हैं और जहाँ पहली नज़र का प्यार बचकानी बात मानी जाने लगती है।

यही कारण था कि फ़ेसबुक चैट से मोबाइल नम्बर पर आने तक दोनों को छह माह लग गए। और मोबाइल से मिलन तक आने में सालभर। सालभर बाद जब वे पहली बार मिले तो मुंबई में मिले। मीरा ने घरवालों को बोला था कि दफ़्तर की तरफ़ से किसी ट्रेनिंग के लिए जाना है और दफ़्तरवालों को बोला था कि किसी रिश्तेदार की शादी में जाना है। पिता की आना-कानी के जवाब में आकाश ने भी थोड़ी भूमिका अदा करते हुए किसी मीडिया हाउस से ट्रेनिंग कॉल और सर्टिफ़िकेट बनवा दिया था। बस फिर क्या था, दूरियों ने एक पल की मुलाक़ात का ठौर लिया और दो प्रेमियों को मिलने का मौका दे दिया।

दादर स्टेशन पर जब मीरा ट्रेन से उतरी तो आकाश ने उसे बाँहों में भर लिया...। आकाश के सीने में छुपते ही मीरा की आँखें छलक आई थीं। प्रेम की शुरुआत डर से हुई थी, मगर जब परवान चढ़ने लगा तो दोनों मिलने के लिए एक-दूसरे को जीवंत देखने के लिए तड़प उठे। तब व्हाट्सऐप नहीं था, वीडियो कालिंग के लिए सिर्फ़ गूगल या स्काइप था। उससे काम कब तक चलाते। आकाश तो अक्सर मसखरी करता और मीरा जब कैसे मिलें, कहाँ मिलें की उलझनों में उलझी होती तो, 'ज़िंदा रहने के लिए तेरी कसम, एक मुलाक़ात ज़रूरी है सनम' गुनगुनाने लगता। मीरा उस पल तो झूठ-मूठ का गुस्सा दिखाती फिर देर तक आकाश की इस हरक़त पर हँसती रहती।

पहली मुलाक़ात सिर्फ़ दो दिन की थी और इन दो दिनों में वे दोनों ख़ूब सारी बातें कर लेना चाहते थे। मीरा झमाझम बारिश के मौसम में मुंबई गई थी। प्रेम का वह मौसम जो ऊसर दिल में भी मुहब्बत की ज़मीन पुख्ता कर आये...। मीरा और आकाश का दिल तो प्रेम से सराबोर था ही।

घंटों एक दूजे की बाँहों में बिता देने के बाद जब पेट के चूहों ने कोहराम मचाया तो दोनों को होश आया कि दो दिन सिर्फ़ प्रेम में जीकर नहीं बीत सकते, थोड़ा पेट को भी पोसना पड़ेगा। नमक-मसालों के साथ प्रेम को कुछ और चटपटा बनाने की ख़्वाहिश में तय हुआ कि रसोई घर में ही पकेगी। बातें भी तो बहुत थीं दोनों के पास, कोई किताब, कोई फ़िल्म, कोई गीत का छोर पकड़, दोनों घंटों बातों के सिलसिले को जारी रख सकते थे। प्रेम के

अलावा ये साझा पसंदगी भी तो थी जिसने उन्हें इतना मज़बूत बाँध दिया था।

"जानती हो खिड़की के उस पार क्या है?" मटर पुलाव के लिए छील कर रखे गए मटर के दानों की कटोरी में से कुछ दाने मुँह की ओर उछालते हुए, यह सवाल आकाश ने मीरा की ओर उछाला था।

"क्या है?" आकाश के हाथ से मटर के दानों का कटोरा छीनते हुए मीरा ने आँखों में झूठा गुस्सा भरते हुए कहा।

"एक दुनिया जहाँ स्त्रियाँ प्रेम, संगीत, सुर और गीत लिखती हैं। जहाँ हरियाली को देख उनके भीतर लहलहाते भाव उमड़ते हैं, जहाँ बारिश की बूँदों के साथ वे भी घुलकर धरती से प्रेम में लिपट जाती हैं, जहाँ सावन उनके मन में विरह नहीं मिलन का रोमांच लाता है, जहाँ नीला आसमान हल्के अंधियारे को ओढ़े दिन में भी उनके निर्वस्त्र मन की सुंदरता को निहारता रहता है," एक ही साँस में आकाश कितनी बातें कह गया और मीरा गैस पर गरम हो रही कड़ाही को छोड़ सच में खिड़की से बाहर आकाश की बताई स्त्रियों को दूर तक फ़ैले उन बादलों में ढूँढने लगी जो धरती भिगो रहे थे।

आकाश ने जब पीछे से मीरा को बाँहों में समेटा तो उसे कोहनी मारते हुए बोली, "चल, झूठे...। यह तो पुरुष सोच सकता है...स्त्रियाँ कभी ऐसा नहीं कर सकतीं। लोग कहते हैं उनमें विचारों की, कल्पना की कमी होती है। वे ख़यालों में भी उस दुनिया में नहीं पहुँच पातीं। उनकी दुनिया में तो बस स्त्री की लाचारी और लड़ाई होती है। वे वही लिख सकती हैं, उसी का राग आलाप सकती हैं।"

आकाश उसकी बात पर खिलखिलाकर हँस दिया और उसके काँधे पर सर टिकाते हुए बोला, "अच्छा, ऐसा तुमसे किसने कहा?"

मीरा ने उसके गालों पर पहले प्रेम अंकित किया फिर कड़छी से डराते हुए उसे दूर बैठने को कह अपनी ही शरारत पर मुस्कुरा दी। फिर तेवर बदलते हुए बोली, "बहुत लोग...अच्छा तुम बताओ, क्या तुमने साहिर लुधियानवी, मजरूह सुल्तानपुरी, गुलज़ार, जावेद अख़्तर, प्रसून जोशी, अमिताभ भट्टाचार्य, आनंद बख़्शी और न जाने कितने ही गीतकारों के नाम सुने होंगे, किसी स्त्री का नाम सुना है? जो इतना ही प्रसिद्ध हुआ हो?"

"अच्छा अमृता प्रीतम और वर्तमान में कौसर मुनीर?" आकाश मोबाइल

में देखते हुए तपाक से बोला।

''जाने दो, अमृता बाजी का नाम लेकर सच को झुठला नहीं सकते और झूठ न कहना, कौसर मुनीर का नाम तुमने भी अभी गूगल से देखकर बताया है।'' आकाश को लगा कि खाना पकाने में व्यस्त मीरा का उस पर ध्यान नहीं लेकिन मीरा ने उसे गूगल करते हुए देख लिया था। यह जान आकाश फिर खिलखिला दिया। फिर बदमाश नज़रों से मीरा को छेड़ते हुए बोला, ''हम्म... तो फिर यह मान लूँ कि लोग सच कहते हैं?''

मीरा उसकी बदमाशी समझ गई थी मगर अपनी बात को साबित करना चाहती थी और उसे यह बताना चाहती थी, सो बोली, ''अच्छा बताओ...तुम भी तो मुंबई में रहते हो, लेखक हो...तुमने देखा है कभी किसी 'अकेली' लड़की को जो सालों घर से दूर रहकर मुंबई में अपना राइटिंग कैरियर जमाने की लड़ाई लड़ रही हो? घोर असफलताओं के बीच एक छोटी-सी सफलता की उम्मीद में? कोई ऐसी जो कुंवारी हो, न कि पति या परिवार के मुंबई में नौकरी करने की वजह से मुंबई में रहती हो?''

''हम्म...शायद, कोई तो होगी...वैसे न्यूज़ मीडिया में होती हैं...तुम भी तो आओगी,'' आकाश ने फिर मीरा को बाँहों में भरते हुए कहा।

''छोड़ो यार...वे सब नौकरी कर रही हैं...। उनके भी माँ-बाप शादी के पीछे पड़े रहते होंगे, मुंबई छोड़ अपने आस-पास किसी शहर में बुलाने के लिए आए दिन फ़ोन आते होंगे...मैं स्वतंत्र लेखक, फ़िक्शन, गीत फ़िल्म लिखने वालियों के लिए पूछ रही हूँ...देखा है?'' मीरा ने पलटते हुए आकाश को ख़ुद से दूर किया और अपना सवाल जारी रखा।

''हम्म, अब तक तो नहीं...पता करूँगा...'' आकाश बोला।

''पता ही करना, दिल न लगा लेना,'' कहते हुए मीरा ने चुटकी ली।

''अच्छा तो बताओ स्त्रियाँ क्यों नहीं लिखतीं गीत? क्यों उनके विचारों का आसमान इतना सीमित है?'' आकाश को अब इस बातचीत में रस आने लगा था, वह इस बारे में और जानना चाहता था।

मीरा ने गैस को सिम पर किया और आकाश से टिककर खिड़की से बाहर देखने लगी, ''हम्म...वो सामने हरी घास के ऊपर बिछा हरा कपड़ा देख रहे हो? स्त्रियों को लगता है कि वही उनका आसमान है। वे अपना ही

प्रतिबिम्ब उसमें देखकर सिमटी रहती हैं। जैसे हरी घास को लगता होगा कि वो कपड़ा उसकी वजह से हरा है, वैसे ही स्त्रियों को लगता है कि उनका घर, उनके पति-बच्चे-परिवार ही उनका आसमान है, उन्हीं की वजह से वे सुखी हैं। वे हरियाली में सुंदर हरा रंग देखती हैं, फिर अगले ही पल छज्जों पर जमी काई को बुहारने लग जाती हैं। वे बारिश की बूँद में अपने बदन के पसीने को घोलती हैं, फिर अगले ही पल कीचड़ से सने बच्चे के कपड़ों को चमकाने में लग जाती हैं। उनके लिए सावन में विरह या मिलन का रोमांच रात बत्ती बुझने के बाद, बच्चे के सो जाने के बाद, हॉर्मोन की उथल-पुथल की तृप्ति है। निर्वस्त्र मन की तो बात छोड़ो, साथी उनके निर्वस्त्र शरीर को सिर्फ़ निहारे, सराहे, आलिंगन में भर वक़्त गुज़ार दे, ऐसा वक़्त शादी का साल गुज़रते ही गुज़र जाता है। शेष रह जाता है, सुबह उठने से रात को सोने तक अपने अलावा सबका ख़याल रखना। उनके पास अपना कमरा, अपनी टेबल, अपनी कुर्सी, या अपना एकांत नहीं होता। किसी कविता में प्रेम लिखते वक्त जब बच्चा रोने लगता है, सास आवाज़ लगा देती है, पति चाय माँग लेता है, ननद नेल पेंट दिखाने आ जाती है तो वह प्रेम भूल जाती है। गीत भूल जाती है। याद रहता है तो सिर्फ़ यथार्थ और जीवन। जहाँ रोते बच्चे का पेट भरना है, जहाँ सास की आवाज़ का उत्तर तुरंत देना है, जहाँ पति को चाय पिलानी है, ननद की नेलपेंट की तारीफ़ करनी है। बस फिर वह प्रेम भूल कर यही लिख देती है। उसकी लिखावट उसका यथार्थ है और पुरुष की लिखावट उसकी कल्पना।''

मीरा बोलती गई आकाश सुनता गया, और उधर उनका मटर पुलाव इस गंभीर चर्चा से बोर होकर जल गया।

''अरे बाप रे इतने ख़तरनाक विचार...तुम पुरुषों से नफ़रत तो नहीं करती हो ना?'' आकाश ने चुटकी लेते हुए मीरा से पूछा तो मीरा ने झट से आकाश को बाँहों में भरकर अपने होंठ उसके होंठों पर टिका दिए, फिर उसकी बाँहों में सिमटते हुए बोली थी, ''नफ़रत करती होती तो इतने झूठ बोलकर इतनी दूर नहीं आती...मैं बस प्रैक्टिकल रहना चाहती हूँ, क्योंकि मुझे सिर्फ़ कल्पनाओं में जीना पसंद नहीं।''

आकाश ने भी मीरा की शुरू की हुई प्रेम धारा को आगे बढ़ाते हुए उस

पर चुम्बनों की बरसात कर दी थी। दोनों एक-दूसरे में समा जाने की चेष्टा में घुलते रहे और उनके नग्न बदन एक-दूसरे के स्पर्श से भीतर तक एक-दूसरे की खुशबू को समेटते रहे ताकि बिछड़ने के बाद अगली मुलाक़ात तक यह गंध उनके लिए ईंधन का काम करे।

वो रात कब बीती, कैसे बीती मदहोशी में कहाँ दोनों को पता चला। बादलों से घिरी सुबह में से हल्की रौशनी फूटकर जब आकाश की आँखों पर पड़ी तो उसने घड़ी देखी। आठ बज चुके थे। 2 बजे मीरा की वापसी की ट्रेन थी। आकाश ने सोती हुई मीरा को देखा जो अब भी नग्न थी। बस आकाश को ही ओढ़े हुए थी। आकाश ने उसके होंठों पर सुबह रखी तो वह कुनमुनाते हुए आकाश में सिमट गई। आकाश ने उसे चादर में लपेट बाँहों में उठा लिया और बालकनी में ले आया। तेरहवें माले की बालकनी से सामने पवई की झील और साइड में घंटाघर दिख रहा था। दायीं तरफ़ झुग्गी-बस्तियों की कतार जो बारिश से तंग होकर इमारतों जितना ऊँचा उठ जाना चाहती थीं।

आकाश ने मीरा को बाँहों में कसते हुए एक गहरी साँस ली और बोला, "जानती हो रातभर बरसी बारिश के बाद वाली सुबह देखना कैसा होता है?"

"कैसा?" मीरा ने मुँदी आँखों से ही आकाश की बाँहों में अंगड़ाई लेते हुए पूछा।

"किसी स्त्री को देखने जैसा..." आकाश ने मीरा के चेहरे पर अपनी नज़रें टिकाते हुए कहा। मीरा की आँखें अब भी बंद थीं। उसकी बंद पलकें किसी पहाड़ी की गहरी ढलान जैसी थीं घनी और वृत्ताकार। उसकी भँवें, धनुष-सी तनी हुई जिनके छोर उसकी आँखों से मिलते। उसकी नाक पतली और नुकीली जिससे फिसलकर सीधे उसके होंठों पर गिरा जा सके। उसके होंठ हल्के कत्थई, उसके गेहुँए रंग पर ख़ूब सजते। आकाश ने उसके होंठ चूमे और बोला, "उठो ना मीरा...मुझे बातें करनी हैं...।"

"सुबह-सुबह राइटर मोड ऑन हो गया क्या तुम्हारा...।" मीरा कुनमुनाते हुए बोली।

"इतनी ख़ूबसूरत प्रेमिका जिसकी बाँहों में हो, वह प्रेमी, लेखक न हो तो क्या हो..." आकाश बोला।

"अच्छा...रहने दो...तुम जानते हो मैं तारीफ़ सुनकर रियेक्ट करना नहीं

जानती...तुम वही बता दो...किस स्त्री की बात कर रहे थे...'' मीरा ने मुस्कुराते हुए कहा, मगर आँखें नहीं खोलीं। कैसे खोलती, मीरा को लग रहा था जैसे सुबह प्रेमी की बाँहों में निर्वस्त्र सिमटा देख अभी उसे छेड़ेगी। इसलिए सुबह से आँखें चुराते हुए उसके उजियारे को अनदेखा कर बस वक़्त की गर्माहट को अपने भीतर समेट लेना चाहती थी।

''मैं किसी स्त्री की बात नहीं कर रहा था, यह बता रहा था कि रातभर बरसी बारिश के बाद वाली सुबह देखना किसी स्त्री को देखने जैसा होता है,'' आकाश ने दूर आसमान में कुछ ढूँढते हुए कहा।

''स्त्री जैसा?'' मीरा ने आँखें खोलते हुए पूछा।

''हाँ! स्त्री जैसा...'' आकाश ने कहा और आसमान में ही देखता रहा।

''कौन-सी स्त्री जैसा?'' मीरा ने भी आकाश की नज़रों का पीछा करते हुए आकाश में देखते हुए कहा।

''उस स्त्री जैसा जिसने विरह के लंबे अरसे बाद अपने प्रेमी से रातभर प्रेम पाया हो...उसके माथे की बिंदी जो अब उसके प्रेमी की छाती पर बालों में उलझी हुई है, वैसी ही लगती है जैसे बूँदों के दबाव से कुछ नाज़ुक पत्ते मिट्टी में दबे अपने अस्तित्व की गवाही देते हैं। बारिश के बाद भीगी सड़क पर यहाँ-वहाँ भरा पानी, उस स्त्री के शरीर पर बने प्रेम के चिन्हों जैसा लगता है। जैसे सड़क पर जगह-जगह भरे उस पानी को बुहारा नहीं जाता, उसे वैसे ही छोड़ दिया जाता है, ख़ुद सूख जाने के लिए, यदा-कदा वहाँ से गुज़रता कोई व्यक्ति उसमें छपाक कर जाता है, वैसे ही वह स्त्री अपने शरीर पर बने उन चिन्हों पर कोई मलहम लगा उनका इलाज नहीं करती, उसे उनमें दर्द नहीं मिठास दिखती है, यदा-कदा उसकी कोई उँगली शरीर से गुज़रते हुए उन चिन्हों पर हाथ फेरकर प्रेम की गहराई में छपाक कर लेती है। आसमान जिसे अब भी बादलों और कोहरे ने ढक रखा है, जिनके पीछे सूरज है मगर धरती पर उसका होना नहीं दिखता, वैसे ही है जैसे बिस्तर पर लेटी स्त्री के शरीर पर उसकी पतला-झीना साड़ीनुमा बादल आधे शरीर को ढँके-आधे को उघाड़े है, जिसमें से उसके शरीर का होना है तो मगर फिर भी नहीं है। बारिश के बाद सुबह की हवा में न ठंड होती है न गर्मी, एक शांत शीतल लहर होती है, जैसे उस स्त्री की श्वास में होती है, संतृप्ति के बाद। वो जो चाहती है

कि अब कुछ दिन धूप न खिले, बादल और कोहरा उसके प्रेम को आलस्य और ठंडक में दुपकाए रहे और शरीर को प्रेमी के प्रेम से गर्मी मिलती रहे। तुम्हें ये सब उपमाएँ नहीं सूझतीं?'' आकाश ने अब तक आसमान में अपनी उपमाओं की स्त्री बना ली थी। उसकी उँगलियाँ मीरा के शरीर पर अठखेलियाँ कर रही थीं और मीरा न जाने कौन-सी स्त्री ढूँढ रही थी। फिर आकाश की उपमाओं के विपरीत अपनी स्त्री ढूँढते हुए बोली, ''नहीं...क्योंकि मुझे यथार्थ दिखाई देता है।''

''ओहो...कभी तो कल्पनाओं में जी लिया करो मेरी जान...अच्छा बताओ कैसा यथार्थ?'' आकाश ने मीरा के गाल पर अपना गाल टिकाते हुए पूछा...

''वो औरत देख रहे हो?'' मीरा ने उसे एक झुग्गी की तरफ़ इशारा करके दिखाया, जहाँ एक औरत अपनी खपरैल पर एक और बरसाती चढ़ा रही थी, फिर बोली, ''बारिश के बाद मिट्टी में दबे पत्तों को देख मुझे चूल्हे के लिए आईं वे गीली लकड़ियाँ दिखाई देती हैं जो उसने कल रात सोने की जगह बनाने के लिए अपनी झोंपड़ी से बाहर टिका दी थीं, और अब वे लकड़ियाँ बारिश में भीग चुकी हैं। सड़क पर जहाँ-तहाँ भरे पानी को देख मुझे उसकी खपरैल के वे छेद नज़र आते हैं जिन्हें ढँकने के लिए उसने दो दिन पहले ही एक बरसाती चढ़ाई थी, और जो अब तेज़ हवा से फट गई है। बादलों और कोहरे से ढँके आसमान को देख मुझे उसकी झोंपड़ी में ज़मीन पर सोए वे बच्चे नज़र आते हैं जो रातभर टपकते पानी से बचने के लिए जगह बदलते रहे और अब भी नींद में ऊँघ रहे हैं। मैं नहीं चाहती कि ये बादल और देर रहें। मैं चाहती हूँ कि धूप खिले, बादल और कोहरा छँट जाए, उसकी लकड़ी सूखे, छत और ज़मीन भी, उसके चूल्हे को लकड़ी गरम करे और उसके बच्चों के ठंड से सिहरते शरीर को धूप।''

''मीरा, मैं हमेशा तुम्हारे साथ रहना चाहता हूँ...'' आकाश जानता था कि मीरा की यथार्थ बातों का उसके पास कोई जवाब नहीं है। इसलिए उसने बात को बदलते हुए कहा, ''मत जाओ ना...''

''जाना तो मैं भी नहीं चाहती...मगर नहीं गई तो फिर हमेशा साथ रहने का प्लान फ़्लॉप हो जाएगा...'' मीरा हँसते हुए बोली थी। फिर पता नहीं क्या सोचते हुए कुछ देर की ख़ामोशी के बाद बोली, ''आकाश शादी के बारे में

क्या ख़याल है?''

आकाश जानता था कि यह सवाल ज़रूर आएगा, फिर भी वह इस सवाल से भागना चाहता था। नहीं...ऐसा मत समझिए कि वह मीरा से प्रेम नहीं करता या टाइमपास कर रहा है। वह तो मीरा से अटूट प्रेम के बंधन में बँध चुका है। मगर उसका शादी-वादी में विश्वास नहीं। वह मीरा के साथ तो रहना चाहता है मगर शादी करके नहीं, जबकि मीरा का लिव-इन में भरोसा नहीं। यह शायद उनके बीच पहली ऐसी बात हुई जिस पर दोनों के मत अलग-अलग थे। आकाश ने जब इस बात का बहुत देर तक कोई जवाब नहीं दिया था तो मीरा रेडी होने का बहाना कर उठ गई थी। वह समझ गई थी कि आकाश फ़िलवक्त इस मुद्दे पर बात करने के लिए तैयार नहीं है और मीरा अनदेखा हो चुके सवाल को दोबारा नहीं पूछना चाहती थी। वह किसी पर भी, आकाश पर भी कभी दबाव डालकर कुछ नहीं कराना चाहती थी। जो सहर्ष न हो वह प्रेम और सुख का भोगी नहीं हो सकता। कुछ इस तरह की विचारधारा वाली मीरा उस दिन वापस जयपुर चली आई थी।

उसके बाद फिर कुछ महीने उसी तरह मोबाइल और वीडियो चैट के भरोसे बीते। सब कुछ सामान्य था। दोनों प्रेम और जीवन को साथ-साथ जी रहे थे। अपने-अपने जीवन की लड़ाइयाँ भी लड़ रहे थे। करियर, परिवार और शादी का दबाव। भारतीय युवाओं की इन तीन समस्याओं से हर रोज़ दो-चार हो रहे थे, मगर उनके प्रेम पर इसका कोई असर नहीं पड़ रहा था। जहाँ यथार्थ हो, प्रेम जीवन का हिस्सा होकर भी एक भिन्न अस्तित्व रखता हो, वहाँ शायद ऐसा ही होता होगा...उनके जीवन का यह अनमोल सुख युहीं निरंतर चलता रहता। पर, ज़िन्दगी में सब स्मूथ नहीं चलता, कुछ उतार-चढ़ाव ही न हों तो कैसी ज़िन्दगी...।

मुंबई की पहली मुलाक़ात के बाद मीरा और आकाश चौथी बार मिले थे...। एक और साल चक्कर लगाकर बीत चुका था।

जयपुर-टोंक हाइवे पर ट्रकों में बजते गानों के साथ रात भी झूम रही थी, उनसे रफ़्तार मिलाते हुए चाँद भी दौड़ रहा था। हाइवे के किनारे लगी एक कार के बोनट पर आकाश और मीरा धीमे-धीमे एक-दूसरे में घुल रहे थे। रात चाँदनी थी और चाँद उस रात जैसे उनके लिए ही खिला था। आकाश

जब भी जयपुर आता, वे दोनों यूँ ही हाइवे पर चाँदनी रात में बैठ घंटों बातें किया करते, दुनिया के सारे मसले-मसाइल, अच्छी-बुरी घटनाएँ और कभी कुछ और न मिले तो ब्रह्मांड के चाँद-तारों की गिनती ही कर लिया करते, कुल मिलाकर बात बस इतनी है कि वे दोनों सिर्फ़ बातें करते हुए भी सारी ज़िन्दगी गुज़ार सकते थे। गणगौर की पूजा बीते दो ही दिन हुए थे। मीरा का बस चलता तो वह एक रीत न निभाती, पर माँ के आगे उसकी चल नहीं पाती थी। उसी पूजा के लिए उसने हाथों में मेहंदी लगाई हुई थी, जिसकी ख़ुशबू अब भी बरक़रार थी। मीरा का हाथ अपने हाथों में लेकर आकाश अपने-आप को उस खुशबू से सराबोर कर लेना चाह रहा था।

"तुम्हारी हथेली का चाँद मुझे बेचैन कर रहा है...मैं इस चाँद को चूम लेना चाहता हूँ...इसे देख मैं अधीर हो उठा हूँ...मैं नहीं चाहता कि ये चाँद कभी डूबे," कहते हुए आकाश ने मीरा की हथेली के चाँद को चूम लिया था।

फिर बोला, "जिसने भी सौंदर्य में मेहंदी को जोड़ा होगा वह कितना रंगीन किरदार रहा होगा ना...उसकी आत्मा प्रेम से कितनी सराबोर रही होगी कि उसने स्त्री के लिए इतने सुंदर आभूषण को ख़ोज निकाला जो आभूषण होकर भी स्त्री देह का अंग बन जाता है, उसके अपने रंग में मिल और खिल जाता है।"

मीरा हँस दी थी, हमेशा की तरह उसके खुराफ़ाती दिमाग में कुछ चल रहा था, बोली, "रहने दो...मेहंदी की ख़ोज किसी प्रेमी जीव ने नहीं की होगी।"

"अच्छा तो फिर किसने की होगी," आकाश ने आश्चर्य में मुस्कान घोलकर पूछा था।

"मुझे यकीन है मेहंदी की ख़ोज किसी बुद्धिमान खुराफ़ाती स्त्री ने की होगी, ताकि श्रृंगार के नाम पर ही सही गृहस्थी की व्यस्तता से मेहंदी लगाने के नाम पर औरतों को कुछ घंटों का आराम तो मिले...। वरना तुम ही बताओ... सुहागन की उँगलियों के पोर हमेशा मेहंदी से लाल रहने चाहिए, ऐसा बेतुका चलन कोई क्यों शुरू करेगा," मीरा ने मुँह बनाते हुए कहा था।

आकाश बहुत देर तक उसकी हथेलियों को अपनी हथेलियों में छुपा हँसता रहा, फिर बोला, "तुम्हें मेहंदी लगाना पसंद नहीं ना?"

"मुझे बहुत बोर काम लगता है," मीरा ने अपनी हथेलियों को उलट-

पलट कर देखते हुए कहा, ''हवा में हाथ लटकाकर घंटों सूखने का इंतज़ार करते रहो।''

मीरा ने हवा में हाथ लटकाने की एक्टिंग की तो आकाश फिर हँस दिया था। मीरा की यही आदतें तो उसका दिल मोह लेती थीं...फिर बोला था, ''मगर मुझे इसकी ख़ुशबू बहुत पसंद है...और वो जब तुम्हारी ख़ुशबू से मिल जाए तो...'' कहते हुए झटके से मीरा को अपनी ओर खींच, उसकी गर्दन पर चुम्बन अंकित करते हुए फुसफुसाकर उसके कान में बोला, ''अपनी हथेलियों के इस चाँद को मुझसे कभी छीनोगी तो नहीं ना।''

उसकी फुसफुसाहट ने मीरा को भीतर से गुदगुदाया तो वह बच्चे सी उसकी बाँहों में सिमट गई थी। आकाश की नज़रें जो मीरा पर टिकी थीं, उनसे छलकते प्रेम ने मीरा को रोमांचित कर दिया, और उसने आकाश के लिए ताउम्र अपनी हथेलियों पर चाँद उगाना मंजूर कर लिया।

उस रात उनके बीच बरसे प्रेम ने एक बीज रोपित कर दिया, जिसका एहसास मीरा को आकाश के जाने के दो ही महीने बाद हो गया था। आकाश को जब इसकी ख़बर हुई तो जैसे उसे सदमा-सा लगा हो। वह बेशक़ मीरा से बे-इंतहा मोहब्बत करता था, उसकी मोहब्बत में कोई खोट भी नहीं थी, फिर भी ज़िन्दगी के उस मोड़ पर जिन ज़िम्मेदारियों के तले दबा था वहाँ इतनी बड़ी ख़बर के लिए और उसे अपने जीवन में ले आने के लिए वह तैयार नहीं था।

''मीरा मैं अभी पिता बनने के लिए तैयार नहीं हूँ...क्या यह...'' आकाश इसके आगे कुछ कह नहीं पाया था और मीरा कुछ सुन नहीं पाई थी। उस दिन पहली बार मीरा यथार्थ से निकलकर कल्पना में जीना चाहती थी। हॉस्टल का वह छोटा-सा कमरा जिसमें डला मीरा का पलंग उसके बिखरे कपड़ों और किताबों से भरा हुआ था उस पर ही बीच में कहीं रखी थी वह होम प्रेगनेंसी टेस्ट किट जिस पर दो गुलाबी लाइनें उभरी हुई थीं। पीरियड्स मिस होने के पंद्रह दिन बीत जाने के बाद मीरा पिछली रात ही उसे लाई थी और तभी से कल्पनाओं में डूबी हुई थी। उसे उम्मीद थी कि आकाश इस ख़बर को सुनकर उत्साहित होगा, मगर उसका यथार्थ मन कई दफ़ा उसे समझा चुका था कि आकाश पीछे हट जाएगा। सुबह सबसे पहले जब उसने टेस्ट करके दो गुलाबी लाइन देखीं तो पहले-पहल उसका दिल धक् से बैठ गया। यह संभावित नहीं

था, मगर असंभावित भी नहीं। किसी चूक का नतीजा अब सामने था, जैसा भी था उसके भीतर था। आकाश के रिएक्शन के बाद मीरा ने एक और किट उठाई और जाँच के बाद जब उस पर भी दो गुलाबी लाइनें उभरीं तो बाथरूम में ही बैठकर रो पड़ी थी।

बाल्टी की सतह से बहता पानी मीरा के पैर भिगो रहा था। नल से गिरते पानी की आवाज़ मीरा के रोने की आवाज़ों में मिलकर दर्द की किसी धुन को पूरा कर रही थी। आकाश से मुलाक़ात के ढाई साल बाद यह पहली बार था जब मीरा रोई थी। उसे बाथरूम में शॉवर के नीचे खड़े आकाश और मीरा नज़र आ रहे थे, वो लम्हे जो उसने मुंबई में आकाश के साथ बिताए थे...। जैसे-जैसे यादें उसकी आँखों के सामने से गुज़रती जातीं वैसे-वैसे उसके आँसू बढ़ते जाते।

दो घंटे तक बाथरूम में ही पानी के साथ अपने आँसू और दर्द बहा आने के बाद जब मीरा कमरे में आई थी तो मोबाइल पर आकाश के मिस्ड-कॉल्स थे। एक मैसेज भी—

> 'मीरा मैं जानता हूँ कि यह कहना ग़लत है, फिर भी कह रहा हूँ कि क्या हम यह कुछ सालों बाद प्लान नहीं कर सकते...। अभी हम दोनों अपना करियर बना रहे हैं, मुझ पर परिवार की ज़िम्मेदारी भी है...मैं अभी शादी नहीं कर सकता...'

इस मैसेज को पढ़ने के बाद मीरा ने बस इतना लिखा था, 'मैं इसे नहीं मार सकती...यह मेरा अंश है और यह मेरी ज़िम्मेदारी...' उसके बाद मीरा ने आकाश के किसी मैसेज या फ़ोन का जवाब नहीं दिया। आकाश प्रेम तो करता था मगर उसकी अपनी मजबूरियाँ थीं। मुंबई का स्ट्रगल, पिता की बीमारी, बहन की शादी, इस यथार्थ से वह ऐसा डर गया कि प्रेम की जिन कल्पनाओं में वह हमेशा मीरा के साथ खो जाता था, वे सभी धुएँ-सी उड़ गईं। उसने मैसेज के ज़रिए कोशिश की मीरा को समझाने की कि कितना मुश्किल होगा उसके लिए इस निर्णय को निभा पाना, मगर मीरा इतनी कमज़ोर कहाँ थी कि डर से झुक जाती। वह अपनी गलती की सज़ा एक मासूम को नहीं देना चाहती थी। बस इसी ख़याल ने उसे अपने माता-पिता के सामने ले-जाकर खड़ा कर दिया।

जीवन में पहली बार मीरा को अपने पिता के सामने जाने में शर्म महसूस हो रही थी। वह भीतर के कमरे से ही पर्दे की ओट से पिता से बात कर रही थी, ''मैं जानती हूँ मुझसे चूक हुई है, मगर इसकी सज़ा मैं इस मासूम को नहीं देना चाहती...''

''सटाऽऽक्ऽऽ...माँ ने फिर मीरा के गाल पर एक झापड़ रसीदा जो पिछले कुछ घंटों में कई बार रसीद चुकी थीं।

''बाऊजी सही कहते थे...। तू हाथ से निकल चुकी है...मैंने ही उनकी एक न मानी...कुल्टा...कुलछिणी...'' कहते-कहते माँ ने फिर मीरा को दो झापड़ रसीद दिए। वे इस ख़बर के बाद बेसुध-सी मीरा को मार रही थीं, उसके बाल नोंच रही थीं और अपनी परवरिश को कोस रही थीं। मीरा पर माँ की मार का असर होना बंद हो चुका था, उसके आँसू सूख चुके थे और उसकी हिम्मत न झुकने की ठान चुकी थी।

''मुझे ही ज़हर दे दो मीरा की माँ...।'' आँसुओं से भीगे चेहरे को पोंछते हुए सोफ़े पर बेसुध बैठे मीरा के पिता ने कहा तो उसकी माँ फिर फफक पड़ी थीं, मगर मीरा, वह तो किसी पत्थर की तरह बैठी थी।

कितनी ही लानत-मलानतो, दुहाई, मार और फटकार के बाद भी जब मीरा अपने निर्णय से नहीं हिली तो माँ गुस्से में उठीं और मीरा का सूटकेस खोल ज़मीन पर फेंकते हुए अलमारी से उसमें कपड़े भरने लगीं। फिर सूटकेस बंद करके मीरा के हाथों में थमाते हुए बोलीं थीं, ''जा...अभी निकल जा मेरे घर से...। इसी वक़्त...अगर तुझे हमारी इज़्ज़त का ख़याल नहीं तो हम भी सोच लेंगे कि मर गई हमारी औलाद...''

सूटकेस छोड़ मीरा बहुत देर तक माँ के घुटनों में मुँह छुपा रोती रही थी। मगर, अब माँ पत्थर बन अपने निर्णय पर अडिग थीं। मीरा के पास दो ही रास्ते थे और उस दिन मीरा ने दूसरा रास्ता चुना। सूटकेस उठा वह घर से निकल गई। कहाँ जाएगी, क्या करेगी, कैसे करेगी यह सब सोचने के लिए उसके पास कुछ महीने थे, जब तक पेट का उभार न दिखने लगे। मन कभी माँ-बाप से नाराज़गी दिखाता तो कभी ख़ुद से, कभी हालातों से। मीरा कभी क्षण-भर को माँ की बात को सोचती भी तो मन दुत्कार देता, उसके भीतर की विद्रोही लड़की यकायक तमतमाती हुई खड़ी हो जाती और चिल्लाती,

''इज़्ज़त! भारतीय समाज में यदि इज़्ज़त का खोखा उतर जाए तो कितने रिश्ते बिखरने से बच जाएँ। कितने झूठ बोलने की ज़रूरत न पड़े। कितने लोग अपने चेहरों का मुखौटा उतार सकें। वैसे इज़्ज़त ढोने का यह बीड़ा स्त्रियों को ही सौंपा गया है। मायके में बेटियों का ज़िम्मा और ससुराल में बहुओं का। उन्हें जीवन भर इज़्ज़त को सँभाले हुए नटनी की पतली रस्सी पर चलने को कहा जाता है, जिस पर चलकर उन्हें इस पार से उस पार जाना है, रास्ते में यदि ज़रा ध्यान भटका, तो लो पहले इज़्ज़त गिरती है फिर घरवालों की नज़र से इज़्ज़त को गिराने वाली बेटी या बहू। क्षण-भर में सालों के प्यार और लगाव का रंग इज़्ज़त की बारिश से धुल जाता है। शेष रह जाता है सिर्फ़ सफ़ेद चादर जिसमें कोई भाव नहीं, कोई प्रेम नहीं, है तो सिर्फ़ कठोरता।''

मीरा को भी अब उसी कठोरता को झेलते हुए जीवन बिताना होगा। यह वह जानती थी। किस्मत ने बस इतना साथ दिया था कि उसे अपनी योग्यता के आधार पर दूसरे शहर में एक नौकरी मिल गई। जहाँ उसने ख़ुद को कुंवारी माँ की जगह एक विधवा, अनाथ और ससुरालवालों की परित्यक्ता माँ दिखाया। यदि वह ऐसा न करती तो क्या ऑफ़िस वाले उसकी अवस्था पर सहानुभूति दिखाते, या उसकी मकान-मालकिन उसका इतना ख़याल रखती? तब तो वह सिर्फ़ एक बिगड़ी हुई लड़की घोषित हो जाती और सब उससे वैसे ही दूरी बनाते जैसे किसी एड्स के मरीज़ से बनाई जाती है। मीरा को वह दूरी अपने लिए स्वीकृत थी मगर अपने बच्चे के लिए नहीं। बस इसलिए उसने भी उसी इज़्ज़त का खोखा ओढ़ते हुए एक झूठ अपने माथे पर सजा लिया...जिसके साथ अब उसने जीवन के सात साल बिता लिए हैं।

ऐसा नहीं था कि मीरा को इन सात सालों में आकाश की कमी महसूस नहीं हुई या उसकी याद नहीं आई या किसी और ने उसे स्वीकार करने की इच्छा ज़ाहिर नहीं की, पर मीरा ने अब अपने लिए अकेलापन चुन लिया था। वह अब किसी साथी का साथ नहीं चाहती थी। जो लोग अकेले-खुश रहना सीख लेते हैं उन्हें फिर साथी की ज़रूरत महसूस कराना उतना ही कठिन है जितना किसी भरी हुई नदी की धार को बदलना।

आकाश ने भी मीरा से संपर्क साधने की बहुत कोशिशें नहीं कीं। मीरा ने भी तय यही किया था कि वे अब कभी नहीं मिलेंगे। वह अपने दिल की

हसरतों को यूँ ही ताउम्र समझाती रहती यदि पिछले दिनों उसके बेटे ने स्कूल से वापस आकर मीरा से वह सवाल न किया होता जिससे वह हमेशा बचना चाहती थी, "मम्मा...मेरे पापा कौन हैं? वो मुझसे मिलने क्यों नहीं आते?"

बिन ब्याही माँ के जीवन में यह सवाल कौंधती बिजली की ही तरह आता है। नाना प्रकार के जवाब वह इनके लिए तैयार रखती है। वैसे भारत में बिन ब्याही कोई माँ अपने बच्चे को इस सवाल का जवाब देने तक बड़ा करती भी होगी? शायद ही, वरना कचरे के ढेर और अनाथालय के दरवाज़ों पर लटके पालनों में शिशु दिखने कम हो जाते।

मीरा ने यह रास्ता चुना था और जब उसके बेटे ने उससे पिता के बारे में पूछा तो मीरा ने उसे सच बताने का फ़ैसला लेते हुए आकाश को उससे मिलने देने की अर्ज़ी स्वीकार ली। इतने सालों में आकाश यदि मीरा से दूर रहा तो किसी और के करीब नहीं जा पाया। कुछ साथ मिले मगर मीरा उसके भीतर इस तरह समाई हुई थी कि कोई और उसकी जगह ठहर ही नहीं पाता था।

बालकनी में खड़े होकर आकाश का इंतज़ार करती मीरा को जब सोसाइटी के दरवाज़े पर गार्ड से दो-चार होता, साइकिल पर खड़ा वह ठिगना-सा इंसान दिखा तो उसे आकाश के फिर से अपने पास होने की गर्माहट महसूस हुई। आकाश आज भी उतना ही पागल है। जो सुबह के चार बजे आठ किलोमीटर साइकिल चलाकर मीरा से मिलने आया है। साइकिल इसलिए क्योंकि कैब नहीं मिली। और मीरा से मिलना किसी भी कीमत पर टाला नहीं जा सकता था।

मीरा की तन्द्रा जैसे अचानक से टूटी और ख़याल कल से आज में लौट आया।

एक सुकून के साथ...

आज की सुबह उसके बेटे के न जाने कितने सवालों का सलोना-सा जवाब लेकर आई है...

कशमकश

भादो की झिमिर–झिमिर बारिश से धरती भीग रही है। कई दिनें की लगातार बारिश के बाद सांझ की हवा जहाँ पतली बनियान के भीतर घुस हरिया के बापू के शरीर में झुरझुरी पैदा कर रही है, वहीं हरिया का बदन पारदर्शी बुशर्ट में भी पसीने में तर है।

धम्म...की आवाज़ के साथ जब खाद का बोरा हरिया के कन्धों से आँगन में रखी पत्थर की सिल्ली पर गिरा तो बापू को हरिया के आने की ख़बर हो गई।

''आज भी टैम्पो न मिला का,'' बापू की आवाज़ कमरे से चीखती बाहर आई। ''न मिला...सड़क पर ही छोड़ गया...बीस रुपया माँग रहा था घर लाबे के,'' हरिया ने निचुड़ती हुई बुशर्ट को उतारकर आँगन में रखी खाट के पाए पर लटकाते हुए जवाब दिया और नहाने के लिए आँगन के दूसरे कोने में बनी हौद की तरफ़ बढ़ गया। उसने पानी निकालने के लिए मग्गा डुबोया तो पानी की बुड़–बुड़ के साथ उसे औरतों की 'हँह...हँह...हँह' भी सुनाई दे गई। मुस्कुराते हुए हरिया ने पानी के कई मग्गे शरीर पर उँड़ेल लिए। बदन से पसीना धुलने के बाद हरिया ठीक वैसे ही दमकने लगा जैसी बारिश की तेज़ बौछार के बाद आस–पास की धुली–धुली आबोहवा की दमक होती है। उसकी मांसल ताम्बई पीठ चमक उठी। अब उस पर पानी की नन्ही–नन्ही बूँदें मोतियों–सी चमक रही हैं।

हरिया मुड़कर खाट के एक पाए से तौलिया उठा ही रहा था कि उसे किवाड़ के पल्लों के ज़ोर से बजने की आवाज़ सुनाई दी। उसे आने वाले की ख़बर थी इसलिए बिना मुड़े ही मुस्कुरा दिया।

''हज़ार बार बोले हैं, नहाते बखत दरवाज़ा बंद कर लेबू करो, लेकिन नईं तुम्हें तो शरील की पिरदरसनी लगाबे में मजा आत ना,'' रानी ने हरिया के मुँह पर एक धुली हुई बुशर्ट मारी और बड़बड़ाना जारी रखा, ''इन करमजली

लुगाइयन खों तो और कौनो काम ना है, संजा सबेरे टट्टी के बहाने लोटा लेके दूरा पे खड़ी रहेल...। अरे नाशमिटियों ई हमार घर है, तोहर टट्टीखाना ना है, जाओ...अपना-अपना खेतन में जाके गंद मचाओ।''

''ए हरामजादी...जे तोहार घर ना है अबी...ऐसी कुलछिनी है के सरम-लिहाज सब बेच खाई, ब्याह ना हुआ अभी तोरा हमाए हरिया से...। और हम कभी होन भी ना देंगे...'' बापू की आवाज़ कमरे के भीतर से फिर चीखती हुई बाहर निकली।

''तुम पहले अपने गोड़ तो सीधे कर लेओ दद्दा...चले हैं हमाओ ब्याह रोकन,'' कहते-कहते रानी खिलखिला दी।

हरिया जो इतनी देर से हँसते-हँसते रसोई की दहलीज़ पर बैठ रानी को टुकुर-टुकुर निहार रहा था, उसे भी रानी फटकारने से कहाँ चूकती, ''तुम का दाँत दिखा रहे...। ए औरतों की कोई दिन नज़र लगेगी तो बुझना...'' हरिया को डपटती हुई रानी रसोई में घुसने को हुई तो हरिया ने उसे बाँहों में जकड़ के गोद में बैठा लिया।

''इतनी जलन ठीक ना है मोरी रानी,'' हरिया कोई मौका नहीं जाने देता था रानी को छेड़ने का, दिनभर की थकान के बाद यही तो उसका सुख था।

''जलें काहे नहीं?...इनके मरद तो हैं मुनगा की सींक और तुम हमाए नीलगिरी के लट्ठ...जानत हो ओ छुईया की अम्मा का कहत रही...''

''का कहत रही?'' हरिया ने बाँहों की जकड़ को कसते हुए पूछा।

''हमाई अम्मा से कहत रही के हरिया की अम्मा एकही बांका-छबीला पैदा करके मर गई...दुई-चार ठो करके मरती तो गाँवभर की लड़कियों को जे हरिया को देख के आहें ना भरनी पड़तीं'' कहते-कहते रानी अपनी ही बात पर शरमा के हरिया की बाँहों से छूटती हुई रसोई में घुस गई। सच ही तो कहती है छुईया की अम्मा। हरिया जो शर्ट पहने तो बाँहें फटकर बाहर आने को हों। जाँघों की मोटाई दोनों हथेलियों से घेरा बनाकर भी न नापी जा सके। कंधे किसी पहलवान से कम चौड़े नहीं। ललाट तो जैसे ख़ुद सूर्य की लालिमा लेकर बनाया गया है। रंग कुछ कुल-जाती से साँवला मिला, कुछ खेत-खलिहान में जलकर काला हो गया। लेकिन, हरिया की शारीरिक बनावट के आगे उसके काले रंग को कौन देखता है। वो उसी रंग में लिपटा तो गाँव की औरतों को सपनों में भी लूट लेता

है। गोरा होता तो जाने फ़िल्मी दुनिया वाले उसे ले ही जाते।

''अच्छा ऐसे कहत रहीं तो हम पहलवान हैं, बाँके-छबीले हैं,'' कहते हुए हरिया ने रसोई में जाकर रानी की आटे से सनी कलाइयाँ पकड़ लीं।

''देखो खाना खाए के चाही तो तंग न करो, चले जाएंगे अबहीं तो खाना फिर उसना भात नोन के साथ,'' रानी कलाई छुड़ाते हुए बोली, फिर मुस्कुराती हुई चूल्हे में धौंकनी देने लग गई।

पहाड़ों में बसे एक छोटे से गाँव में हरिया और रानी की कहानी यूँ ही रोज़ थोड़ी-थोड़ी धड़कती है। हरिया रानी को जितना चाहता है, गाँव की औरतें उतना ही रानी से जलती हैं...कहती हैं, ''होगी रानी सुन्दर मगर हरिया को रानी से भी सुन्दर घरवाली मिल सकती है।'' इसी जलन में गाँवभर की औरतों के बीच एक होड़-सी लगी रहती है। कुंवारियाँ हरिया को लुभाने तितली बन मंडराती रहती हैं और ब्याही-ठांड़ी कभी न्योता देती हैं, कभी पकवान ही घर दे जाती हैं।

माँ के मरने के बाद हरिया को थोड़ा उसके बाप ने पाला, थोड़ा ख़ुद हरिया ने। छह बरस का था तब से खेत और घर देखने लगा था। बाप तो आधा समय नशे में धुत्त रहता। जवानी में औरत चली गई तो शरीर की आग ठंडी करने का एक सहारा दारू ही बनती।

वैसे गाँव में महुआ घर-घर चाय जैसी ही बनती है, फ़र्क इतना ही है कि चाय बनती है, पत्ती, शक्कर और मसाले से, वहीं महुआ की देसी दारू बने आम, पपीता और अमरूद आदि से। सुबह-शाम दो-दो गिलास पियो और शरीर में दर्द-जहालत सब झेलने की ताकत आ जाए। गरीब को और क्या चाहिए। कुछ तो काम से छुट्टी भी इसी खातिर मारते हैं। गाँव में महुआ की लत को लत कहना पाप है। ये कोई शराब थोड़ी है। जैसे अमीरों को कॉफ़ी का शौक वैसे ही गरीबों को महुआ का शौक। हरिया के बापू को भी पहले बस शौक था, फिर जब हरिया की माँ मर गई तो अकेलेपन ने ना जाने कब वह शौक लत में बदल दिया और कब बुरी लत में। इधर बापू की लत बढ़ती गई, उधर हरिया की उमर के साथ उसकी ज़िम्मेदारी। चौदह साल में पहुँचते तक पूरा खेत उसके पसीने से सिंचने लगा। बालिग़ हुआ तो ज़मीन भी अपने नाम पर करा ली। बापू किस दिन साथ छोड़ जाए कौन जाने। बापू तो इसी ताक़ में था कि कब खेती और ज़मीन का बोझ कन्धों से हटे और कब वह दिन रात नशे में डूबने के लिए

आज़ाद हो जाए। पहले रात-भर पीता था अब दिन में कभी किसी के खेत में, कभी किसी चौराहे पर सोता मिलता। एक दिन हरिया ने बाप को बाप बनकर ख़ूब हड़काया तो कमरे में ऐसा घुसा कि फिर बाहर ही न निकला। उसका कमरा, चारपाई और सिरहाने दारू की बोतलें, बस यही उसकी ज़िन्दगी पिछले आठ साल से चली आ रही है। हरिया ने बहुत कोशिश की बाप की दारू छुड़ाने की मगर जब समझ गया कि लत ने बापू को जकड़ लिया है तो उसे अपने हाल पर छोड़ दिया। गाँव-देहात में वैसे भी जहाँ हर गम और थकान भुलाने का एक ही साधन नशा हो वहाँ दारू की लत, लत नहीं मानी जाती।

बाप के नशेड़ी होने का जो एक फ़ायदा हरिया को मिला वो बस इतना कि वह ख़ुद समय रहते उस लत की चपेट में आने से बच गया। पीता था पर कभी-कभी। वार-त्यौहार पर। हाँ! त्यौहार में जाति-धरम का फ़र्क नहीं करता था। होली, दिवाली, राखी, ईद, मोहर्रम, विश्वकर्मा, छठ, क्रिस्मस—त्यौहार कोई भी हो, सबमें एक बराबर पीता था।

"तुम ही बिगाड़े हो हमाए हरिया को," रानी जब-जब दारू में धुत्त हरिया को बिसना के कन्धों के सहारे घर में घुसता देखती तो उस पर भड़क उठती।

"हम काहे को बिगाड़ेंगे? जे मानत ही नाहीं, कितना समझाते हैं कि दारू बाप के जैसे गले में फंदा डाल देवेगी, रहीक देओ, मजाल है सुन लें," बिसना हर बार यही दोहराता।

बिसना, हरिया का मेहनत-मजूरी का साथी...हरिया के पड़ोसी रामनरेस चाचा का भांजा। बारह साल का था जब वे उसे अपने साथ ले आए थे। बिसना के माँ-बाप-भाई एक बस एक्सिडेंट में गुज़र गए तो मामा ने बिसना को अनाथ न होने दिया। उसकी सरपरस्ती की। बिसना के आने से जब घर में एक पेट और बढ़ा तो दो हाथ भी बढ़े। मामा ने मौका देखकर एक दिन हरिया के खेत में बिसना को भी फ़िट कर दिया। बिसना के बापू की ज़मीन तो पहले ही उसके चाचा-ताऊ ने माँ-बाप की तेरहवीं पर बाँट ली थी। बिसना के पास अब दूसरों के खेतों में काम करने का ही रास्ता बचा था और कुछ वो करना नहीं चाहता था। इसलिए मामा के कहने पर हरिया के खेतों में काम करना उसने ख़ुशी-ख़ुशी स्वीकार लिया। खेतों में अकेले खटते हरिया को भी बिसना में मज़दूर कम एक हमउम्र साथी मिल गया। अब हरिया के नाम ज़मीनें भले ही थीं मगर फ़सल

दोनों की साझा होती थी, उतनी ही जितनी मेहनत दोनों की साझा थी। हरिया और बिसना में सब कुछ साझा था। थाली भी।

''ब्याह के बाद हम तोको कोई खाना-वाना न खिलावेंगे,'' रानी अक्सर ये बात बिसना से कहती।

''तो तू हमसे ही ब्याह कर ले रानी, हम तोरे हाथ का खाना तो न छोड़ पाई,'' बिसना ऐसा कहता तो रानी चूल्हे में चिमटा गरम करके उसे दिखा देती। उसकी इस हरक़त पर सब हँस पड़ते।

इनकी इस हँसी से जलने वाले भी बहुत थे। जलने वालों में ज़्यादातर गाँव की औरतें थीं। गाँव के सड़क-बाज़ार में रानी हमेशा हरिया के साथ ही दिखती। अगर कभी बिसना के साथ दिख जाए तो गाँव की औरतें अपना चूल्हा-बरतन छोड़कर चबूतरों पर पंचायत करने लगतीं।

''किस्मत तो देखो इसकी है...''

''एक दिल छिड़के है दूसरा जान...''

''कलजुग की द्रोपदी है, दो-दो ख़सम करेगी...''

ऐसी हज़ार चुगलियों के बाद जब उन औरतों को चूल्हा-चौका पुकारने लगता तो बात कुछ यूँ ख़त्म कर दी जाती, ''जब इसके माँ-बाप ही न रोकते तो हमको का पड़ी है...कुल्टा बने के रंडी।''

ये बातें रानी, हरिया या बिसना के कानों में भी पड़तीं। रानी तो कई बार हरिया से कह भी देती ''जे बिसना को चौबीसों घंटे मेहरारू-सा चिपकाए रखना ज़रूरी है का...उससे इत्ता ही प्रेम है तो ब्याह भी उसी से कर लेओ।''

इस पर हरिया रानी को बाँहों में भर लेता, ''प्रेम तो हमें बस तोसे है... बिसना तो हमारा मजूरी-भाई है, वो न होता तो हम अकेले जे खेत सब सँभाल पाते का...''

हरिया की यही बात रानी को चुप करा देती, मगर मन-ही-मन वह बिसना से कुढ़ती रहती। बिसना जब कभी उसके लिए हाट-बाज़ार से झुमका-कंगन लाता तो ख़ुश होने की जगह उसे डपट देती, ''हमाए लिए ई सब करने को हरिया है, तुम अपना रुपया अपनी मेहरारू के लिए जोड़ के रखो।''

''तुम पे खरच करके भी खुसी मिलती है हमें रानी,'' बिसना कहता तो रानी और भड़क जाती, ''हमको नहीं देखनी तोहार खुसी, आन देओ हरिया

को, तोहार पत्ता ही कटवाए देते हैं।'' रानी तुनककर चली जाती। यूँ तो रानी हर वक़्त ही बिसना से बिगड़ी रहती, मगर जब नशे में धुत्त हरिया को बिसना ही घर पहुँचाता तो रानी अपनी कुढ़न गटक लेती। इज़हार-ए-इश्क़ में की गई उसकी हरकतों को बर्दाश्त कर लेती। रानी को लगता कि हरिया से उसकी शादी हो जाएगी तो बिसना से उसका मेल-जोल खेत-द्वार का ही रह जाएगा और उसे बिसना के अनचाहे तोहफ़ों से छुटकारा मिल जाएगा, प्रेम-प्रदर्शन से भी,मगर ऐसा हुआ नहीं।

बिसना रह-रहकर रानी को कुढ़ने के मौके देता रहता है। मगर रानी को अब फ़र्क पड़ना कम हो गया है। वह तो अपनी नई गृहस्थी में उलझ गई है। हरिया दिन-भर खेत पर रहता है इसलिए रानी ने अपने लिए मुर्गी और बिल्ली भी पाल ली है। उन्हीं से बातें करके दिन गुज़र जाता है। बूढ़ा ससुर तो अब भी गालियाँ ही देता है। हरिया के प्रेम और छेड़खानी में कोई अंतर नहीं आया है। ज़िन्दगी ने जैसे इनकी गाड़ी को एक नंबर के गियर में डाल किसी सपाट सड़क पर छोड़ दिया है। जिसमें न कोई स्पीड ब्रेकर है न कोई मोड़। सड़क के दोनों ओर सुन्दर नज़ारे देखते दोनों आगे बढ़ते जा रहे हैं। देखो दोनों अब भी कैसे लड़ रहे हैं।

होली के रंगों के कुछ दाग ज़िद्दी बनकर अब भी उनकी दीवारों पर चिपके हुए हैं। ''हज़ार दफ़े कहा था घर में रंग नहीं खेलना,'' गोबर से दीवार लीपते हुए रानी ने आज फिर रंगों को दबाने की कोशिश की। हर चौथे दिन जब वह दीवार और ज़मीन लीपती है तो ऐसे ही गुस्सा करती है। आठ दिन हुए होली गए, मगर उसके घर की काली दीवारों पर अभी भी हरे, लाल, गुलाबी रंग वैसे ही छितरे हुए हैं, जैसे दिवाली की शाम स्याह होते आसमान में रंग-बिरंगी कंदीलें जल उठी हों, जैसे किसी काले दुपट्टे पर सतरंगी धागों से फूल बने हों।

''तनिक ज़ोर से गुस्साबे कर रानी, तोरी मेमने-सी आवाज़ से तो सुगना भी न डरती,'' हरिया ने आँगन में नाली का पानी पी रही बिल्ली की तरफ़ इशारा किया तो रानी मुस्कुरा दी। आज भी बस इतना ही आसान तो है हरिया के लिए रानी के गुस्से को छू कर पाना। जितना उसे सताता है, उतना ही उसके नखरे भी उठाता है। मगर हरिया और रानी का ब्याह क्या हुआ, गाँव की औरतों की जलन रानी से और बढ़ गई। गाँव का ऐसा कोई घर नहीं है जिसकी औरत हरिया जैसे मर्द के सपने न देखती हो। जो अपनी हैसियत की चादर से डेढ़ गुना

टाँगें फैलाकर अपनी रानी के लिए हर सुख बटोर लाता है...

हरिया और रानी की मोहब्बत का असर ही तो है कि उनकी बिल्ली सुगना और मुर्गी कु-कु इतने प्रेम से रहते हैं। लोग देख लें तो दुनिया का दसवाँ अजूबा ही मानें, कि सुगना ने पिछले दो साल में एक बार भी कु-कु के किसी चूजे को खाना तो दूर भूखी आँखों से देखा तक नहीं। वो तो उन्हें वैसे ही चाटती है जैसे उसके अपने ही चूजे हों।

ब्याह के बाद से हरिया के बापू का अपनी बहू यानी रानी को गाली देना भी बढ़ गया है। जब भी हरिया अपने बाप को पैसा देने से मना करता है तो गाली बकता, "रंडी जने...मोए देबे तोर लिंगा पीसा नाही, अपन रानी की लाली-लिपस्टिक खातिर जेबें भरी हैं...अरे मोरी सुनके सरपंच की लौंडिया से ब्याहता तो आज सब मलाई खा रहे होते...हरामखोर...माद..." बहुत देर तक उसकी गालियाँ उस छोटे से कमरे की दीवार से टकराकर उसी तक लौटती रहती हैं।

रानी तो इन गालियों की शुरू से ही आदी है, इसलिए अब हँसकर बदले में वो भी दो-चार कह लेती, "अरे तो दद्दा एक ही लड़का काहे पैदा किए, दुई ठो कर लेते तो दूजे का ब्याह न करा लेते सरपंच की लौंडिया से।"

रानी के जवाब से निरुत्तर न होकर घंटों रानी को गालियाँ देता उसका ससुर अपनी खटिया पर पड़ा रहता है। उसने कई बार चाहा कि खटिया से उठकर रानी को दो-चार झापड़ लगा दे। अपने मन की सारी भड़ास निकाल ले। मगर, कभी महुआ का नशा तो कभी बुढ़ापे की मार उसे उस खटिया से बिछुड़ने नहीं देते।

रानी के आने के बाद इस घर की सूरत बदल गई है। घर की चारों कुठरियों में चकरी-सी नाचती रहती है। सुबह पहले एक आले में रखे भगवानों के जोड़ों से अपने जोड़े की सलामती में मन्नतें माँगती है। फिर हरिया के साथ अपनी बेडरूम वाली कुठरिया में बैठकर तीस इंच के एल.ई.डी टीवी पर गाने सुनते हुए चाय की चुस्कियाँ भरती है। फिर बाहर की कोठरी में घों-घों करती हालर मशीन पर धान पीसती रहती है। सारे गाँव की धान अब उनकी हालर मशीन पर ही तो कुटती है। ये हालर मशीन हरिया ने रानी के अरमान पूरे करने को ही तो कर्ज़े पर उठाई है, वरना छोटे से खेत वाला किसान कहाँ अपनी रानी के सपने पूरे कर पाता। हालर मशीन की घों-घों के साथ सुर मिलाता दिन-भर रानी का टीवी चलता रहता है।

एक ही तो शौक है रानी का। टीवी। जिसे हरिया ने ख़ुशी-ख़ुशी पूरा किया

था। भले ही अबकी बुआई में उसे धान की सबसे घटिया क्वालिटी ही क्यों न खरीदनी पड़ी हो। खेत में रेजा न रखकर ख़ुद ही दूना काम क्यों न करना पड़ा हो। लेकिन अपनी रानी की इच्छा तो पूरी करनी ही थी। फिर रानी पेट से भी है। हरिया ने इसी खातिर तो उसे टीवी लाकर दे दिया, ज़्यादा काम न करने की हिदायत के साथ। दिनभर कमरे में लेटकर आराम करे और टीवी देखे। रानी भी चाहती तो यही है लेकिन गाँव-देहात की औरतों के पैरों में घिर्री लगी होती है। उन्हें 'आराम हराम है' का नारा किताबें नहीं, ज़िन्दगी सिखाती है।

रानी भी छोटी फुटबाल-सा पेट लिए उसी रफ़्तार से दिनभर काम निपटाती जैसे पहले करती थी। नौकरानी रखने लायक न हैसियत है न पैसा। रिश्ते-नाते के नाम पर एक ससुर है और दूसरा बिसना। दोनों से ही वह दूरी बनाए रखना चाहती है। रानी की माँ आती है कभी-कभी। रोज़ आए तो उसकी मजूरी पर कौन जाए? गरीब बिरादरी अपनी मदद आप करने की आदी होती है। रानी के लिए अड़ोसी-पड़ोसी का भी सहारा नहीं। गाँव की औरतें तो पहले ही हरिया की चाहत में उससे जलती हैं, इसलिए वहाँ से भी ज़्यादा मदद नहीं मिल पाती। फिर गाँव की औरतें चाहे पेट से हों या दुखी-बीमार, काम न करें तो खाएँ क्या। घर की झाड़ू-बुहारी से लेकर खाना, कपड़े, सबका ही काम तो करना होता है। रानी करती भी। उसे अपने घर को साफ़ रखने का बड़ा शौक है।

रसोई का हर कोना बिना ग्रेनाइट और फ़र्नीचर के ही चमकता रहता। चूल्हे पर चढ़े एल्यूमिनियम के बर्तन-हांडे ऐसे चमचमाते जैसे कभी चूल्हे की शक्ल भी न देखी हो। खपरैल की छत पर कभी मकड़ी को घर नहीं बनाने देती। अपने कमरे में तो उसने पुरानी धोती का पर्दा भी लगाया है। लकड़ी के दो तख्त मिलाकर उसने डबल-बेड बनाया है। कुठरिया की मिट्टी की दीवारों पर अपनी और हरिया की तस्वीरें चिपका दी हैं। हरिया को सख्त मनाही है कमरे में चप्पलें पहनकर आने की। पाँव धोकर ही भीतर घुसने देती है। रानी अगर हरिया से कोई ख़्वाहिश करके दो पैसा खर्च करवाती भी है तो ख़ुद भी अपने गरीबखाने को सजाने-संवारने, व्यवस्थित रखने में कोई कसर नहीं छोड़ती है। ज़िन्दगी बहुत ही ढर्रे वाली, सुव्यवस्थित चल रही है। हाँ हरिया के सिर पर थोड़ा-बहुत कर्ज़ है, आने वाली संतान की चिंता भी। एक मोटर-साइकल खरीदने की लालसा भी। इन सबके बावजूद भी सब खुश हैं...रानी नज़र उतारती है अपनी ही ख़ुशी

की...अम्मा कहती थी अपनी ख़ुशियों को अपनी नज़र सबसे पहले लगती है।

हर रोज़ की ही तरह घर के काम निपटाकर कमरे में सुस्ताती रानी को जब बिसना ने आवाज़ लगाई तो पहले-पहल वह कुढ़ गई। रानी ब्याहता हो गई है तो क्या, बिसना का प्रेम उसके लिए कम थोड़ी हुआ है। प्रेमिका का किसी और की पत्नी बन जाना अगर प्रेमी के दिल से प्रेमिका की छवि धुँधला दे तो वह कैसा प्रेम? अरे सच्चे आशिक़ तो अंत तक लड़ते हैं। और बिसना रानी के ब्याह को अपनी लड़ाई का अंत मानने को तैयार नहीं है। बिसना की ये आशिक़ी रानी के गले की हड्डी है। हरिया के खेतों के इकलौते भरोसेमंद साथी को ज़बरदस्ती हटा भी तो नहीं सकती...वो मना करती तो क्या हरिया, बिसना से रिश्ता रखता? मगर फिर हरिया को इतना भरोसे का आदमी कहाँ मिलता, यही सोचकर उसके आशिक़ मिज़ाज को झेल लेती है।

"रानी जल्दी आ..." बिसना की दूसरी पुकार पर रानी उसमें आशिकी नहीं भय और चीख़ भाँपकर घबरा गई। सातवाँ महीना चल रहा है ये भूलकर हड़बड़ाकर उठी तो एक पल को माथा घूम गया। पेट पर हाथ धर तेज़ कदमों से कमरे के दरवाज़े तक आई तो बिसना की बाँहों में जकड़े हरिया को देख उसके चेहरे के भाव शून्य हो गए। हरिया, बिसना की पकड़ से फिसल रहा है, यह देखते ही वह ख़ुद को सँभाल उन दोनों के पास दौड़ी। नाटे कद का दुबला-पतला बिसना अपनी बाँहों में लम्बे-चौड़े हरिया को समाता भी तो कैसे? हरिया के आगे तो बिसना स्कूल में पढ़ने वाला कोई बच्चा ही लगे है...कितनी मुश्किल से वो आज अपने कन्धों पर दुगने वज़न के हरिया को ढोकर लाया है, वही जानता है। मगर करता भी क्या?

खेत में धान का भूसा समेटता हरिया जब बेहोश हुआ तो बिसना सकपका गया। घबराहट में कुछ समझ नहीं पा रहा था कि क्या करे। पानी ला मुँह पर छींटे मारे तो हरिया कुछ होश में आया। हरिया ने दोबारा काम करने की कोशिश की तो बिसना ने फटकार कर घर जाने को कह दिया। हरिया घर जाने को हुआ ही था कि उसने खून की उलटी कर दी। खून देखते ही तो बिसना घबरा गया था और सीधा रानी के पास पहुँच गया। रानी पेट पर हाथ रखे पैरों को सँभालती बिसना के थोड़े और करीब पहुँची तो उसे हरिया के मुँह पर लगे और बिसना की शर्ट में लगे लाल रंग के माने समझ आए।

दो पल को वहीं ठिठक-कर उसने किवाड़ पकड़ लिया। हरिया की ऐसी हालत देखकर उसे भी बेहोशी-सी छा गयी।

"पहले इसे सँभाल, तू बाद में बेहोश हो लेना," बिसना ने जब रानी को फटकारा तो उसने ख़ुद को सँभालते हुए हरिया को आँगन में पड़ी खटिया तक पहुँचवाया। सुगना और कु-कु ने जैसे आने वाली मनहूसियत को पहचान लिया है। सुगना, हरिया के पैरों के पास बैठकर उन्हें चाटने लगी। कु-कु भी अपने चूजों के साथ खटिया के नीचे कभी इधर से तो कभी उधर से हरिया तक पहुँचने की कोशिश करने लगी।

रानी ने हरिया का माथा अपनी गोद में रखकर अपनी साड़ी के पल्लू से ही उसका मुँह पोंछा।

"अब का करना है?" रुँधे गले से आँसुओं को सँभालते हुए रानी ने बिसना की ओर देखा तो बिसना को लगा, जैसे वह डॉक्टर और भगवान् दोनों है। हरिया को बचाने के लिए सिर्फ़ वही कुछ कर सकता है। बिसना ने हमेशा चाहा कि रानी कभी अपनी आँखों में चाहत भर उसकी तरफ़ देखे। उससे उम्मीद बाँधे। उसके सामने प्रेम की भीख माँगे। वह दिन बिसना आज देख रहा है, मगर आज भी चाहत, प्रेम, उम्मीद, रानी की आँखों में सब हरिया के नाम के हैं।

"का करना है मतलब? अभी मरा नहीं है...अस्पताल ले जाएँगे, इलाज कराएँगे, तू अभी से ही चूड़ी तोड़ने की सोचन लगी का," ख़ुद को सँभालते हुए, बिसना ने अपनी कड़वी ज़बान से रानी को लताड़ा। अपना डर वह ऐसे ही छुपाता...दूसरों पर गुस्सा करके। बिसना इस वक़्त रानी को झकझोर कर उससे कहना चाहता है कि तेरा पति अब नहीं बचेगा। अब तो उससे मोह छोड़ दे। मगर वह ऐसा कर नहीं पाता। हरिया सिर्फ़ उसकी प्रेमिका का पति नहीं उसका दोस्त भी तो है।

जेब से अपना छोटा-सा मोबाइल निकालकर बिसना ने तुरंत अस्पताल की हैल्पलाइन पर फ़ोन किया। कुछ ही देर बाद एम्बुलेंस का सायरन सुनाई दे गया। रानी अब भी हरिया का माथा अपनी गोद में रखे, उसे पानी पिलाने की कोशिश कर रही है। एक बार ख़याल आया कि ससुर को उठाकर कहे, "देखो तुम्हारे लड़के की दशा।" लेकिन किससे कहती। जो नशे में अपने कच्छे के नाड़े को भी बाँधना भूल जाता है। जो ये भी भूल जाता है कि बाथरूम के लिए

उठकर कमरे से बाहर जाना होता है। जो खाने की सरकाई थाली को लेने भी कभी होश में नहीं आया। जो, रानी के जानने में कभी अपने कमरे से ही बाहर न निकला हो उसे उसके इकलौते बेटे की दुर्दशा दिखाकर भी रानी क्या कर लेगी।

पानी के कुछ घूँट गले में जाते ही हरिया को कुछ होश-सा आया। उसके माथे से पसीने की बूँदें पोंछकर रानी ने उसकी उठने में मदद की।

''महीने भर से बोल रहे थे, तनिक डॉक्टर को दिखा लेओ, लेकिन सुने कौन,'' कहते-कहते रानी का अब तक रुँधा गला फूट पड़ा। आँसू छलछला के गालों से गले तक पहुँचने लगे। वो बोलती रही, ''अभी हमाए और बच्चे के लिए अस्पताल जाबे के दिन हैं, तुम काहे बीच में अपना टिकट कटान लगे। परसों भी रातभर ताप से जले लेकिन मजाल है सुबेरे डॉक्टर के पास चले जाएँ। अब इतने बड़े हाड़-माँस के आदमी को हम कन्धा पर उठाकर तो ले नहीं जाएँगे ना। कुछ हो गया तो कहाँ जाएँगे हम।''

''अरे, कुच्छो नहीं हो रहा हमें...गर्मी बहुत है इसी से हो गए बेहोश,'' हरिया को शायद पता नहीं था कि बेहोशी में उसने मुँह से खून की उलटी भी की थी।

''और ऐ जो मुँह से खून थूके हो ?'' रानी ने बिसना की शर्ट में लगे खून के निशानों की तरफ़ इशारा किया। ऐसे वक़्त में भी बिसना उन दोनों की आँखों में एक-दूसरे के लिए इतना प्रेम देख पा रहा है कि उसमें निचोड़कर अपनी शर्ट से खून के दाग मिटा सके, या अपने प्रेम को डुबोकर मार सके।

''हट पगली, ए तो बिसना पुड़िया खाकर अपने ही ऊपर थूक लिया है,'' हरिया ने बिसना को आँखों ही आँखों में छलते हुए रानी से कहा तो वो रसोई की चौखट पर जाकर बैठ गई।

''बताए दे रहे हैं, अगर तुम्हें कुछ हो गया तो हम भी ज़हर खाकर मर जाएंगे,'' रानी ने कहा तो बिसना का मन किया उसे दो झापड़ रसीद दे। रानी मरने की बात करे ये उसे बर्दाश्त नहीं। जिसे देखकर इन्सान जीता रहता है उसके मर जाने की बात गुस्से या मज़ाक में सुनना भी बर्दाश्त नहीं होती। वह भी रानी को देखकर ही तो जीता आया है, जब से होश सँभाला है। छोटे गाँव में प्रेम ज़ाहिर करने में ज़्यादा आपत्ति नहीं होती। जाति तो सबकी एक जैसी ही है, नीची और गरीब। मगर जाति एक होने से क्या होता है? दिल एक होने चाहिए। हरिया कौन-सा रानी की जाति का है, फिर भी दोनों एक हैं ना!

"इतनी आसानी से तोय छोड़कर नहीं जाएँगे और मर भी गए तो बिसना है ना," हरिया ने कहते-कहते अपनी ज़बान काट ली। ये शब्द बिसना के कान में पड़े तो वह कुछ पल को ठिठक गया। जैसे चोरी पकड़ी गई हो। वह भी तो रानी से यही कहना चाहता है कि हरिया को कुछ हो गया तो भी रानी के माथे की बिंदिया और माँग से सिन्दूर नहीं मिटने देगा। असल में वह यही तो चाहता है, मन ने जाने-अनजाने कितनी बार हरिया के खिलाफ़ दुआ माँग ली है। मगर फिर अगले ही पल उस पर भाईचारा हावी हो जाता है। साथ में यह डर भी कि अगर रानी को उसकी मनहूस दुआओं की ख़बर हो गई तो वह उससे नफ़रत करने लगेगी।

हरिया ने अफ़सोस और माफ़ी भरे अंदाज़ में रानी को देखा। ये क्या निकल गया आज उसके मुँह से। जैसे उसे एहसास हो गया है कि अब उसका और रानी का साथ छूटने वाला है। रानी, हरिया की इस बात का कोई डाँट भरा जवाब देती उससे पहले ही एम्बुलेंस ने दरवाज़े पर आकर हॉर्न बजा दिया।

"ये का हमाए लिए बुलाए हो," हरिया, बिसना से पूछते हुए उठा तो चक्कर आने से फिर धम्म् से खाट पर गिर गया। एम्बुलेंस के साथ आए एक आदमी और बिसना की मदद से हरिया को एम्बुलेंस के भीतर तक पहुँचा दिया। स्ट्रेचर निकालने की ज़हमत उन लोगों ने नहीं उठाई।

"दो मिनिट रुक," कहकर रानी, हरिया को बिसना के हवाले करके दौड़ती-सी कमरे में गई। अपने बिस्तर के नीचे रखे लोहे के बक्से को गले में लटकी चाबी से खोलने लगी। उसके हाथ काँप रहे हैं। एक भय भीतर-ही-भीतर उसे डरा रहा है। उसने काँपते हाथों से बक्सा खोला। साड़ियों की तहों में कहीं छुपे कुछ नोट निकाले। नोटों को ब्लाउज़ में खोंस आँचल से ढाँपती एम्बुलेंस में आ बैठी।

जाने कौन-सी बीमारी का ऐलान डॉक्टर कर दें। अपनी शादी की आगामी वर्षगाँठ पर अपने लिए सोने के बुँदे बनवाने के लिए उसने रुपए जमा किये थे। कौन जानता था कि शादी की वर्षगाँठ से पहले ही एक काल उनके रिश्ते को लीलने खड़ा होगा।

एम्बुलेंस में बिसना ने जब हरिया और रानी के चेहरों पर काल का भय देखा तो उसका स्वार्थी मन उसे धिक्कार उठा। आख़िर है तो इंसान ही। आत्मा

की आवाज़ किसे छोड़ती है? वह तो हर चोर को चोरी करने से पहले बोलती है कि ग़लत कर रहे हो। बिसना पर भी अच्छा मन हावी हो रहा है। वह हरिया की इस हालत का दोषी किस्मत से ज़्यादा ख़ुद को मान रहा है। जैसे हरिया के शरीर में पल रही बीमारी वह ख़ुद हो। हरिया के बदन पर चिपकी शर्ट में से उसका पेट साँस का अस्तित्व बताते हुए ऊपर–नीचे हो रहा है। बिसना उस उतार–चढ़ाव में तसल्ली महसूस कर रहा है। आज तक जितनी बार भी हरिया से रानी के मिल जाने के लिए उसकी किस्मत से जला है, उसके लिए ख़ुद को कोस रहा है। अगले ही पल उसे हरिया के वे शब्द फिर सुनाई देते हैं, ''अगर मुझे कुछ हुआ तो बिसना है ना।''

हरिया जानता था कि बिसना रानी से प्रेम करता है। महुआ पीकर अक्सर बिसना उसके सामने बक देता है। फिर भी वह बिसना से नफ़रत नहीं करता। वह उसके खेतों का साथी है, उससे नफ़रत कर भी नहीं सकता। ज़रूरत वाला इन्सान बुरा हो तब भी हमें उसे गले में लटकाना पड़ता है। गला कितना ही छिला हो, जीमन–भोज में जाते वक़्त औरत हार पहनने से पहले ज़ख्मों की परवाह नहीं करती। वैसा ही कुछ बिसना और हरिया के बीच रहा। किसी पुरुष की पत्नी से उसका कोई दोस्त प्रेम करता है यह बात उस पुरुष के लिए ना–काबिले बर्दाश्त होती है, मगर उससे भी ज़्यादा ना–काबिले बर्दाश्त होता है गरीबी में खेतों की बुआई–जुताई के लिए मुफ़्त आदमी ढूँढना। बिसना पूरी तरह मुफ़्त तो नहीं लेकिन हरिया के लिए मेहनत से ज़्यादा काम करता है और मेहनत से कम मेहनताना लेता है।

बस इसलिए हरिया ने बिसना को गले में ख़ुद लटकाया था, जिसका फ़ायदा उठाते हुए बिसना ने उसका फंदा बन जाने की चाहत पाल ली। बिसना हरिया की बीमारी को शुरू से जानता था, लेकिन उसने कभी रानी को नहीं बताया। हरिया ने जब रानी को न बताने की सौगंध माँगी तो बिसना झट तैयार हो गया। वह भी तो यही चाहता था कि रानी को पता तब चले जब हरिया की बीमारी लाइलाज हो जाए। बिसना को वह दिन भी नसीब हो गया। मगर अब जब वह दिन आया तो बिसना के भीतर से यही आवाज़ आई कि वह हरिया को रास्ते से तो हटाना चाहता था मगर उसे मारना नहीं चाहता था। दोस्त के लिए दोस्ती उसे अपराधबोध से भर रही थी। अनजाने ही उसने क्या दुआ माँग ली थी।

ऊपरवाला भी गरीबों की वो दुआएँ कुबूलता है जो वो चाहते नहीं कि पूरी हों।

एम्बुलेंस के सायरन की 'पींकू-पींकू' बंद हुई तो बिसना झट से नीचे उतर गया। इस वक़्त वह हरिया के लिए यदि संजीवनी भी ला सकता तो ला देता। रानी के लिए उसकी चाहत कम होती मत समझिए, मगर दोस्त के लिए दिल पिघल रहा है। अब वह उसकी प्रेमिका का पति नहीं उसका हरिया है बचपन का दोस्त। जिसके साथ खेतों में पसीना बहाया, साथ थाली में खाया। थककर साथ महुआ पिया। साथ नाचे, साथ जंगल नापा, साथ नदी में नहाए। माँ-बाप के बाद यदि कोई उसे अपना लगता तो वह हरिया ही तो है। मामा ने उसे बस छत दी थी, मगर हरिया ने उसे अपनी हथेली पर अपना रुपया दिया था। उसे अपने खेत में काम दिया था, जिससे वह अपने लिए अपनी छत बना सके। हरिया ने कभी उसकी मेहनत के बदले कम मेहनताना नहीं दिया। तो फिर बिसना ने कैसे उसके लिए बद्दुआ माँगी?

इंसान ऐसा ही तो है। पहले वह अपनी चाहतों के लिए उन्हीं लोगों के प्रति कटुता पालता है, जिनसे उसका अपनत्व का नाता है। मन-ही-मन उनका बुरा चाहता है। उनके लिए बद्दुआ माँगता है। कोसता है। लानत-मलानत करता है। ज़िन्दगी से उसकी परछाईं तक के हट जाने की ख्वाहिश पालता है। और जब वैसा ही होने लगता है तो वह अपराधबोध से घिर जाता है। ख़ुद को दोषमुक्त साबित करने लगता है कि उसने ऐसा तो नहीं चाहा था। ग्लानि जब उसे कचोटती है तो उसके भीतर की बुराई गिरगिट-सा रंग बदल यकायक अच्छाई में तब्दील हो जाती है। शायद यही भाव इंसान का इंसान होना बनाते हैं या शायद इंसान पृथ्वी का सबसे ज़्यादा मायाचारी प्राणी है। बिसना भी अभी उसी दौर से गुज़र रहा है।

सरकारी अस्पताल के जनरल वार्ड में सलवटों भरी, रंग खो चुकी सफ़ेद चादर और कौनों से निकलती रुई वाले तकिए पर हरिया बेहोश हालत में लेटा है। बिसना थोड़े सुकून में है कि वॉर्ड-बॉय से उसकी पहचान की बदौलत हरिया को बिस्तर मिल गया। ये अलग बात है कि उस बिस्तर के मरीज़ को अभी अस्पताल के कॉरिडोर में कील पर लटका सलयान चढ़ रहा है।

"अब रोने से क्या होगा, इतना गुटखा दारू के लिए मना क्यों नहीं करते हो पहले," बेहोश हरिया के मुँह पर लगा ख़ून साफ़ करती नर्स ने रानी को फटकारा जो बमुश्किल मुँह में साड़ी का छोर दबाए अपनी रुलाई रोके हुए थी। "इनके

कपड़े लाए हैं?'' नर्स ने हरिया की शर्ट पर खून लगे होने से उसके कपड़े बदलने के लिए कहा। वे लोग जिन हालात में अस्पताल पहुँचे थे, उनमें कपड़े साथ ले जाने का ख़याल कैसे आता? बिसना ने तुरंत अपनी शर्ट उतार दी। उसे शर्ट उतारते देख सिर्फ़ रानी ने मुँह फेरा था। बाकी इंसानों का ढेर बने उस वार्ड में किसी को इतनी फ़ुर्सत नहीं कि एक गरीब को नंगा होते देख उस पर आपत्ति जताए। शर्ट उतारने में इतनी झिझक बिसना को पहले कभी महसूस नहीं हुई। होती भी क्यों, खेतों में काम करते जब पसीने में शर्ट तर हो जाए तो उसे उतार मिट्टी में पटक देना आए दिन का काम है। मगर, अस्पताल में अपनी शर्ट उतारकर हरिया की खून-भरी शर्ट पहन बिसना को लग रहा है जैसे वह उसका नसीब पहन रहा है। मगर क्या शर्ट बदल लेने से रानी के लिए बिसना हरिया बन जाएगा?

वह तो बेहिसाब रोए जा रही है। डॉक्टर अभी तक हरिया को देखने नहीं आए हैं। उनके लिए शायद यह इमरजेंसी केस नहीं है। गरीब का कोई केस इमरजेंसी होता भी नहीं।

हरिया बेहोश है और रानी बेहोश होने की कगार पर। बिसना नहीं जानता कि होश में रहे, या बेहोश होने का स्वांग रचे। परिस्थिति उसे कुछ भी सोचने-समझने का वक़्त नहीं दे रही है। वह बस इंतज़ार कर रहा है कि 'कब डॉक्टर आए और हरिया का इलाज शुरू हो। और कब आख़िरी उम्मीद के भी गुज़र जाने की बात कहे...छिः छिः,'' बार-बार बिसना के दिमाग में बुलबुलों से उठते इन ख़यालों को वह क्षणभर से ज़्यादा टिकने नहीं दे रहा है। कुछ देर बाद डॉक्टर आए। साथ में सफ़ेद रंग की ट्रे, उसमें कुछ दवाई, इंजेक्शन लिए नर्स भी है।

''पहले भी कभी खून गिरा है मुँह से?'' डॉक्टर ने हरिया को जाँचते हुए रानी और बिसना दोनों से पूछा।

जवाब में बिसना और रानी ने एक साथ उत्तर दिए लेकिन उनके उत्तर बिलकुल विपरीत थे। रानी ने 'नहीं' कहा था, और बिसना ने 'हाँ'। यह जानते हुए भी कि अब उसे रानी को इस 'हाँ' के लिए कई दूसरे सवालों के जवाब देने होंगे। रो-रोकर लाल हो चुकी आँखों से जब रानी ने बिसना को देखा तो उसे उनमें दर्द की नहीं क्रोध की ललाई दिखाई दी। जायज़ भी थी। उसका पति खून उगलता रहा, यह बात बिसना ने उससे कैसे छुपाई? रानी को इस समय बिसना ही यमराज नज़र आ रहा है। वह वहशी, और हवसी नज़र आ रहा है, जिसने

अपने स्वार्थ के लिए हरिया की इतनी बड़ी बीमारी छुपाई। रानी की आँखों से बिसना का यह गुनाह बच नहीं पा रहा।

"इन्हें अभी एक इंजेक्शन दिया है, कुछ देर में ये होश में आ जाएँगे। ब्लड सेम्पल ले लिया है, जाँच के बाद ही कुछ पता चलेगा, फिर भी हालत देखकर यही कहूँगा कि ज़्यादा उम्मीद मत रखना।"

डॉक्टर के इतना कहते ही रानी की सिसकियों ने फिर रफ़्तार पकड़ ली। 'उम्मीद मत रखना' यह उसके लिए किसी ऊँचे पहाड़ से नीचे फेंक दिए गए पत्थर के वेग जितना भारी आघात है। उसके पेट में जिसके नाम से जुड़ी उम्मीद पल रही थी, वह उसके लिए उम्मीद कैसे न रखे?

पति का मर जाना या उसके मर जाने का संकेत पा लेना, आज भले हिन्दुस्तानी औरतों को सती न बनाता हो, लेकिन उनकी दुनिया उजड़ जाएगी, वे किसके सहारे जिएँगी, कहाँ जाएँगी, क्या खाएंगी, कैसे रहेंगी? ये सवाल कमज़ोर हालातों में 'उनके पति के प्रति प्रेम' से ज़्यादा ऊपर 'उनके निजी स्वार्थ' को रख देते हैं। प्रेम से पेट नहीं भरता यह कथन उतना ही कटु सत्य है जितना करेले का शक्कर की बीमारी के लिए फ़ायदेमंद होना।

डॉक्टर के जाते ही जब बिसना की नज़रें रानी से मिलीं तो उनमें व्याप्त रोष और दर्द ने उससे कहा, "यही चाहते थे ना तुम?"

रानी की जुबान नहीं बोली लेकिन बिसना ने देखा कि वह हरिया के बदन से चिपकी उसकी शर्ट को नाखून से नोच रही है। शर्ट के कोने मुट्ठी में भींच मसल रही है जैसे बिसना को ही मुट्ठी से मसल रही हो, उसे ही नोच रही हो। रानी उस शर्ट को फाड़कर हरिया के बदन से हटा देना चाहती है। बिसना को भी वहाँ से बाहर धकेल देना चाहती है।

रानी को अपनी किस्मत का रंग इस वक़्त अस्पताल की सफ़ेद दीवारों, और नर्स की सफ़ेद कमीज़-सा बेरंग लग रहा है। हरिया को कुछ हो गया तो यही सफ़ेद रंग उसकी झोली में आ गिरेगा यह सोचते हुए वह नाउम्मीदी के दरिया में डूबी जा रही है। उसने अपने हाथ पर गर्माहट महसूस की तो देखा कि धुँधलाई आँखों से रानी को खोजता हरिया का हाथ रानी के हाथ तक आ पहुँचा है। एकबारगी रानी को लगा जैसे वह उसे दरिया में डूबने से बचा लेगा, फिर अगले ही पल जब उसे हरिया के चेहरे पर धाक जमाए कमज़ोरी, उड़ी हुई रंगत,

काले पड़े होंठ और चेहरे की ललाई को लील निर्बलता पसरती नज़र आई तो उसने हरिया के हाथ को कसकर थाम लिया।

''तुम्हारे खून को बाहर भेजे हैं, जाँच के लिए, कल तक रिपोर्ट आएगी। तब तक यहीं रहना है। कहते हैं कोई बड़ी बीमारी हो सकती है,'' रानी ने बिना कोई भाव चेहरे पर लाए एक साँस में हरिया से कह दिया।

हरिया कुछ नहीं बोला। बस रानी का हाथ थामे कभी रानी को तो कभी उसके पेट के उभार को देख तृप्त होने की झूठी कोशिशें कर रहा है। दोनों एक-दूसरे का हाथ थामे चुपचाप किसी चमत्कार के हो जाने की उम्मीद में समय काट रहे हैं। हरिया जानता है कि अब उसे कोई नहीं बचा सकता इसलिए जब बिसना दवाई का पर्चा लिए पहुँचा तो हरिया ने उसे अपने पास बुलाया।

''ए बिसना मेरा एक काम करेगा?''

''तुम बोल के देखो,'' हमेशा कड़ी आवाज़ में बात करने वाले हरिया की आवाज़ में लाचारी भांप बिसना ने आँखों के भीगते कोर छिपा ख़ुद को उसके सामने हर काम के लिए उपस्थित कर दिया।

''तुम हमाई रानी से ब्याह कर लो,'' हरिया ने बिना झिझके ये शब्द एक सांस में कह डाले। जैसे मरणासन्न कोई पिता अपनी जवान पुत्री के लिए एक सुयोग्य वर को माँग लेता है।

''ऐसी बकवास हमाए सामने दोबारा की तो धरेंगे एक,'' बिसना के मुँह से ये शब्द अपने-आप निकल गए, उसके कहे बिना। वह ख़ुद को गिरा हुआ और नीच अनुभव कर रहा है। उसने यही तो चाहा था। रानी को। आज जब हरिया ख़ुद रानी को उसके हाथों में सौंप रहा है तो वह घबरा क्यों उठा, बेचैनी क्यों? उसकी चोरी किसी दिन ऐसे पकड़ी जाएगी उसे कहाँ पता था। उसकी मन्नत के धागों का रंग पहली ही बारिश में धुल जाएगा उसे कहाँ पता था। मन्नत के उन लाल धागों के भीतर ईर्ष्या, लालच और हवस की डोरी ऐसे नंगी हो जाएगी उसे कहाँ पता था। उसने रानी को चाहा ज़रूर था मगर उसे कहाँ पता था कि अपने मरणासन्न दोस्त को देखकर उसकी आत्मा ही उसे इस चाहना के लिए धिक्कारेगी। आज उसके भीतर से बस यही आवाज़ें आ रही हैं कि ''नहीं मैंने यह नहीं चाहा था। मैंने हरिया की मौत नहीं चाही थी। मैंने रानी का विधवा होना नहीं चाहा था। मैंने उसके बच्चे का पिता से बिछड़ना नहीं चाहा था। मैं

ख़ुद को पीट देना चाहता हूँ, ख़ुद पर ही थूक लेना चाहता हूँ। ये मैंने क्या चाह लिया। अपनी सारी माँगें मैं वापस ले लेना चाहता हूँ।''

हरिया की बात पर बिसना कोई जवाब देता उससे पहले ही रानी ने खड़े होकर चाँटा जड़ने के लिए हाथ बढ़ा ही लिया था। फिर हरिया की हालत, अस्पताल का माहौल और ड्रिप से टपकती बूँदों को देखकर रुक गई।

''ये खून की उल्टी हम पहले भी दो-तीन बार कर चुके हैं,'' हरिया ने रानी का हाथ पकड़कर अपनी गलती को सामने कर दिया। उसके चेहरे पर माफ़ी और दर्द के मिले-जुले भाव तैर रहे हैं। आँखों में हमदर्दी की चाहत और रानी के लिए प्रेम की भावनाएँ उमड़ रही हैं। लेकिन जब रानी ने हरिया की बात सुनी तो गुस्से से अपना हाथ खींच लिया। हरिया समझ गया कि उसे अभी सफ़ाई देनी है। अपने गुनाह की, अपनी चोरी की।

''तुम्हें बताकर भी क्या करते, तुम पहले ही ऐसी हालत में हो। पिछले मंगल जब शहर गए थे तभी डॉक्टर को दिखाकर आए थे। कैंसर है हमें। इलाज में जितना पैसा लगेगा उतना हम पूरी ज़िन्दगी में भी नहीं जुटा पाएँगे। अब ज़्यादा समय नहीं है, इसलिए चाहते हैं कि...'' हरिया अपनी बात पूरी करता उससे पहले ही उसके मुँह से फिर खून की उलटी होने लगी।

बिसना उनके प्रेम में पड़े खूनी दख़ल को देख भागता-चीखता डॉक्टर को बुला लाया। लेकिन अब तो डॉक्टर भी कुछ नहीं कर सकते। हरिया ढेर हो चुका है। रानी का हाथ थामे। मुँह से निकले खून की उलटी में लथ-पथ। उसकी आँखें खुली हैं जिनसे प्राण निकल चुके थे। लेकिन पुतलियाँ अभी भी बिसना की तरफ़ इशारा कर रही हैं। वे उससे कह रही हैं, ''यही माँगा था ना तुमने। देखो मैंने दे दिया। अब पा लिया तुमने रानी को।'' बिसना स्तब्ध खड़ा है। जैसे प्राण उसके भी निकल गए हों। वह कहीं भी जाकर हरिया के प्राण वापस लाना चाहता है।

रानी कुछ देर तक यूँ ही बैठी रही, भाव शून्य, जैसे उसके भी प्राण न रहे हों, केवल शरीर बैठा हो। उसकी आँखें बिना पलक झपकाए हरिया को देख रही हैं। बिलकुल वैसे ही जैसे हरिया की मरी हुई आँखें बिसना को देख रही हैं। मरने के बाद भी जैसे वे आँखें बिसना से रानी का हाथ थामने के लिए कह रही हैं। बिसना की आँखों में जब-जब हरिया ने रानी को चाहने की चोरी पकड़ी

थी, तब-तब उसने मौन होकर घंटों बिसना से बात की थी। क्या? यह बिसना भी कभी नहीं समझ पाया।

हरिया के बगल में बैठी भाव-शून्य रानी में आज बिसना को अपनी प्रेमिका नहीं सिर्फ़ हरिया की विधवा नज़र आ रही है। अब उसका मन उसे अपनाना नहीं चाहता। नहीं अपना सकता। अब वह उस कोतवाल की विधवा है जिसने बिसना की चोरी पकड़ी है। जिसके सामने इज़्ज़त नहीं रहेगी वह कैसे प्रेम करेगी...वह तो प्रेम कभी करती ही नहीं थी। बिसना का मन उसके कानों में फुसफुसा रहा है, "मैं अब रानी को कभी नहीं अपना पाऊँगा। ये कैसे भाव हैं मेरे कि जब वो किसी के साथ थी तब मैं उसे अपनाना चाहता था। अब जब उसका साथ छूट गया, तो मेरे लिए यह परिस्थिति बन गई कि मैं उसे चाहते हुए भी अपनाना नहीं चाहता। यदि मैंने उसका हाथ थामा तो मैं जीवन भर यही सोचता रहूँगा कि हरिया मेरे चाहने से मरा। मैं अपने ही ख़यालों की उलझन में पागल-सा होने लगा हूँ। मैं हरिया की लाश को और रानी को भी लावारिस छोड़कर भाग जाना चाहता हूँ। कायरता की सारी सीमाएँ लाँघकर।" बिसना कुछ और होश खोता उससे पहले ही उसे हँसने की आवाज़ें नेपथ्य में भटकने से बाहर खींच लाईं।

रानी, हरिया का हाथ थामे बौराई-सी हँस रही है। हरिया के शरीर से बिसना की शर्ट के बटन नोच रही है। उसके काँपते हाथ कभी हरिया के गाल थपथपाते, कभी शर्ट की बाँह फाड़ते। वह उस शर्ट को फाड़ देना चाहती है। मगर, उसके हाथ कुछ भी कर पाने में अक्षम हैं। वह बस नोच रही है, फाड़ने की इसी कोशिश में उसने शर्ट की जेब फाड़ दी और कुछ बटन भी टूट गए। अब हरिया का पेट साँस के उतार-चढ़ाव नहीं भर रहा है। वह उतना ही निर्जीव है जितना वह पलंग जिस पर वह लेटा है। बिसना, रानी को कुछ भी समझाने की स्थिति में नहीं है। बस मूकदर्शक बना देख रहा है। कुछ देर तक छीना-झपटी के बाद जब वह शर्ट फाड़ने और हरिया को जगाने में असमर्थ रही तो उसने अपने हाथों से अपने पेट में घूसे मारने शुरू किए। बिसना किसी तंद्रा के टूटने से बाहर आया। झटके से रानी को पकड़ा। उसके पेट पर मारने से रोकने के लिए उसे कसकर अपनी बाँहों में समेट लिया। वे दोनों ही फूट-फूटकर रो रहे हैं। जैसे कहीं आँसुओं का बादल फटा हो। वह अपने पति के चले जाने के लिए और बिसना उसका कारण बन जाने के लिए।

कन्यादान

"ठंडन में तो सबेरे-सबेरे हल्ला न किया करो बाबा," करवट लेते हुए सुमन कुनमुनाई और कथरी को ठीक करके फिर से उसमें दुबक गई।

बाबा ने सुमन को देखा तो सोचा उठाकर उससे बात कर ही लें। जिस बात से रातभर परेशान रहे, नींद पलभर को भी आँखों में नहीं ठहरी, वह बताने के लिए जब सुमन को उठाया, "ए सुमन...बेटा सुन तो ज़रा," यह कहते ही जाने दिल ने कैसी तकलीफ़ उपजाई कि फिर आगे कुछ न कह सके और रोज़मर्रा के कामों में लग गये। सुमन भी नींद में वापस डूब गई थी, इसलिए बाबा की पुकार पर कुनमुनाई भी नहीं।

बाबा, यानी सुमन के पिता, आदत से मजबूर, सुबह के चार बजते और उनके ज़हन में फ़िट घड़ी उन्हें जगा देती। सुमन को याद नहीं कि उसने बाबा को कभी चार से सवा चार भी खटिया पर देखा हो। और रात में आठ से सवा आठ भी जागते देखा हो। उनकी दिनचर्या बिलकुल बँधी हुई थी। कलाई पर घड़ी नहीं रहती थी लेकिन काम सब ऐसे समय पर होते थे जैसे समय से कदमताल चल रही हो।

हर रोज़ की तरह आज भी वे समय पर उठे। कोठरी में लगा पीला लट्टू खटके पर उनकी उँगली लगते ही भुकभुका उठा। जिसकी रोशनी से ही सुमन की नींद में खलल पड़ा था। पर, सुमन भी जानती थी कि वो कितना ही गुस्सा दिखा ले, दुनिया इधर की उधर हो जाए, बाबा का सारा काम वैसे ही चलेगा।

हर रोज़ की तरह उन्होंने मंजन घिसा, हैण्डपम्प से दो बाल्टी भरीं, एक से नहाये और दूसरी सुमन के लिए भरकर रख दी।

"कितनी बार कहा है, ठंड में मेरे लिए पानी न निकाला करें, जब तक नहाने जाती हूँ बरफ़ हो जाता है," दूसरी बाल्टी भरने सुमन अक्सर ही मौसम

का हवाला देकर मना करती लेकिन बाबा किसी की कहाँ सुनते थे। लम्बे कद पर उम्र का झुकाव झलकने लगा था। कमर अब वैसे तनी नहीं रहती थी, लेकिन मजाल है फुर्ती में कोई कमी आई हो। तैयार होकर जो निकलते थे तो घंटेभर में नौ किलोमीटर चल लेते थे। वैसे क़दमों की फुर्ती मंज़िल पर भी निर्भर करती है कि तेज़ चलना है या आलस दिखाना है। बाबा के लिए तेज़ चलना मजबूरी भी थी। जयस्तंभ पर अगर छह की जगह साढ़े छह बजे पहुँचे तो अच्छे ठेकेदारों की छंटनी में शामिल नहीं हो सकेंगे।

उम्र की मार उनकी कमर पर दिखने से वैसे भी ठेकेदार मज़दूरों को चुनते समय उन्हें सबसे आखिरी में ही गिनते थे फिर भी उम्मीद रहती थी कि जल्दी पहुँचने से अच्छे ठेकेदार के साथ दिहाड़ी पर काम मिल जाएगा। जो किसी दिन देरी हो जाए तो फिर बहुत मुश्किल होता है शहर में दिहाड़ी पर काम ढूँढना।

आज काम पर निकले तो लगा हबलू की आँखें उनका पीछा कर रही हैं। पर असल में हबलू के जिस सवाल का जवाब आज उन्हें देना था, वह उनका पीछा कर रहा था।

''देख कक्का, बुध को आऊँगा मैं...जो तू हाँ करेगा तो ठीक वरना फिर दोबारा अपनी शकल भी न दिखाऊँगा।''

सच, एक पल को तो मन खुश हो गया था। वे भी तो उसकी शकल नहीं देखना चाहते थे। फिर अगले ही पल, जीवन की जाने कितनी ही समस्याएँ, मन की कितनी ही उलझनें उनके सामने तांडव करने लगीं। और इससे बचने का एक उपाय उन्हें हबलू ही नज़र आया।

''क्या कक्का...आज काम नहीं चाहिए क्या?'' जयस्तंभ पर बने हनुमान मन्दिर की सीढ़ियों पर बैठे बाबा को देख किसी साथी मज़दूर ने टोका तो उन्हें होश आया कि अभी हबलू के आने में समय है।

''क्यों नहीं चाहिए...'' साथी से कहकर बाबा फुर्ती से उठ खड़े हुए और ठेकेदारों के आस-पास घूमने लगे।

इस छोटे से शहर में हर सुबह का यह नज़ारा किसी सब्ज़ी मंडी जैसी छाँव ले आता है। बस फ़र्क इतना है कि वहाँ अच्छी-ताज़ी-स्वादिष्ट सब्ज़ियों की छंटनी होती है और यहाँ मेहनती-मज़बूत-ज़रूरतमंद इंसानों की। ठेकेदार यहाँ दिहाड़ी पर मज़दूर ढूँढते हैं। बाबा का नाम पहले ठेकेदारों की लिस्ट में सबसे ऊपर

होता था। हट्टा-कट्टा शरीर, लम्बा-चौड़ा कद और मालिकों के सामने चूँ-चपड़ न करने की आदत। फिर उम्र बढ़ी और वे लिस्ट में साल-दर-साल लुढ़ककर नीचे आते गये। अब किसी साथी मज़दूर के रहम से उन्हें दिहाड़ी मिल जाती है।

यूँ तो वे पुरज़ोर कोशिश करते हैं कि जितना हो सके शरीर को थकाकर, जवानों जितना काम कर सकें, पर बुढ़ापे की चौखट लाँघ चुका शरीर उनकी सुनता ही नहीं।

बीती दिवाली की ही तो बात है। जब वे ठेकेदारों की लिस्ट में थोड़ा और नीचे लुढ़क गये थे और जब हबलू ने उनके लुढ़कते जीवन को सँभालने की ठौर दिखाई थी।

''ये तुम्हारी लड़की है?'' बाबा के लिए खाना लेकर आई सुमन को देखते हुए ठेकेदार हबलू ने पूछा था। यूँ तो सुमन सुबह-सवेरे ही बाबा के खाने का डिब्बा बाँध देती थी, पर कभी-कभी जब काम घर के आस-पास ही कहीं मिल जाए तो दोपहर का खाना गरम दे आती थी। उस दिन भी जब खाना लेकर पहुँची तो हबलू की नज़र उस पर पड़ी।

''हाँ, साहब...मेरी ही लड़की है,'' हबलू की आँखों में बाबा ने अपनी बेटी के लिए ख़तरा भाँपते हुए जवाब दिया। फिर सुमन को डपटने लगे, ''तुझसे कहा था ना मैं आ जाऊँगा घर।''

''टेम देख रहे हो...तीन बजने को हैं...अब तक आए नहीं तो मैं ही ले आई...कौन-सा कोस-दो कोस आना था,'' सुमन को लगा कि बाबा बिना वजह ही भड़क रहे हैं तो उसने भी तुनककर जवाब दिया।

''अच्छा ठीक है, ठीक है...अब जा घर...यहाँ कीर्तन मत कर,'' बाबा ने उसे पास बैठते देखा तो डपटते हुए कहा।

''पहले पता होता तो थोड़ी कच्ची प्याज ले आती, सर पर बाँध देती... जाने काहे भड़क रहे हैं,'' सुमन समझ नहीं पा रही थी और बाबा समझा नहीं पा रहे थे कि उन्हें सुमन के आने से नहीं बल्कि हबलू की निगाहों पर गुस्सा आ रहा था। सुमन ने गुस्से से जवाब दिया और उठकर चली गई।

सुमन के जाते ही बाबा की आँखों ने जब हबलू की आँखों में झाँका तो उन्हें बहुत मैल दिखा, पर बेटी की खातिर मालिक से लड़ पड़ते तो दिवाली आने से पहले ही चंद पैसों की रौशनी बुझ जाती।

उस दिन पहली बार बाबा को एहसास हुआ कि उनकी सुमन बड़ी हो गई है। रात को ब्यालु के बाद खटिया पर लेटे तो सुमन से पूछने लगे, "क्यों री लाली, तुझे अपनी अम्मा की याद नहीं आती?"

"आज किसी ने भांग पिला दी है क्या बाबा? दिन में भी जबरन ही गुस्सा करते थे, अब अम्मा की पूछते हो," सुमन बाबा में अचानक हुए इस परिवर्तन की वजह नहीं समझ पा रही थी। उसकी माँ के मरने के बाद बाबा ने कभी सुमन से माँ के बारे में बात नहीं की थी। सुमन दस साल की थी जब उसकी माँ मरी। माँ क्या मरी उनकी किस्मत ही मर गई समझो। बाबा के भोलेपन का फ़ायदा उठाकर भाइयों ने चालाकी से उनका खेत गिरवी रखकर बाज़ार से पैसे उठा लिए। पैसा भी इतना उठाया था कि मरी हुई माँ के जो थोड़े-बहुत गहने थे, उन्हें बेचकर भी वे अपनी ज़मीन नहीं छुड़वा सकते थे। अपने खेतों में उगने वाली फ़सल के सहारे ही एक सामान्य-सी चलती ज़िन्दगी में अचानक एक तूफ़ान आया और ग़रीबी का पेड़ उनके ऊपर गिर पड़ा। जिससे बच-निकलने के लिए आज तक छटपटा रहे हैं। गाँव छोड़ कर शहर आ गये। मुंशी से वादा ले आए कि पंद्रह साल में भी अगर पूरा पैसा न दे पाए तो वो ज़मीन बेच दे। मुंशी को भी कहाँ ज़मीन बेचने की जल्दी थी। उपजाऊ ज़मीन थी। उसने खेती शुरू कर दी।

"बता तो ज़रा, तुझे अम्मा की याद नहीं आती?" सुमन अम्मा का ख़याल आते ही पुराने ख़यालों में भटक गई थी। बाबा ने फिर पूछा तो आज में लौटी। "आती है बाबा...बहुत आती है," सुमन की आवाज़ में दर्द भांप कर बाबा ने उठकर पूछा था।

"सोचता हूँ अब तेरी शादी कर दूँ..."

"मैं नहीं करूँगी शादी-वादी," सुमन बोली थी।

"शादी नहीं करेगी तो क्या ज़िन्दगी भर मेरी छाती पे होरा भूंजेगी," बाबा ने सुमन को चिढ़ाते हुए कहा था।

"हाँ तो और क्या...मैं तुम्हें छोड़कर कहीं नहीं जाने वाली," सुमन गुस्से में मुँह फेरकर सो गई थी। पर बाबा की आँखों से नींद नदारद थी। उन्हें तो बस रह-रहकर हबलू की आँखों से टपकती लार ही दीखती। सुमन बड़ी हो गई है और अब हबलू ही क्या जाने कितने ही लोग उसे बुरी निगाह से देखते होंगे। यही ख़याल उन्हें भीतर तक कुरेदता और नींद को दूर उड़ा ले जाता। उन्होंने ठान

लिया कि सुमन चाहे लाख मना करे लेकिन अब वे उसके लिए अच्छा लड़का ढूँढ जल्दी ही उसकी ज़िम्मेदारी से मुक्ति पा लेंगे।

अगले दिन वे काम पर पहुँचे तो हबलू उनके ही इंतज़ार में बैठा था। साथ में कोई आदमी भी था।

''कैसे हो कक्का,'' हबलू ने पूछा तो बाबा चुप ही रहे। बस सर हिला दिया। वे उससे दूर रहना चाहते थे। पुताई के लिए जब वे कूची को कूटने लगे तो हबलू ने उनके हाथ से कूची लेते हुए कहा, ''अरे कक्का, ये काम-वाम तो होता रहेगा...इधर बैठो ज़रा,'' बाबा हबलू से जितना दूर भागना चाहते थे वह उनसे उतना ही उलझना चाह रहा था।

''अरे काम नहीं करेंगे मालिक तो संझा को तुम्हीं पैसा देने में आना-कानी करोगे,'' बाबा ने फिर उठते हुए कहा तो हबलू ने जेब से दो सौ का नोट निकालकर उसकी हथेली पर रख कहा, ''अब ठीक है।''

अब बाबा के पास कोई चारा नहीं बचा था, सिवाय हबलू की बात सुनने के। वे कुछ सोचते, कुछ पूछते उससे पहले ही हबलू ने साथ आए आदमी का परिचय देते हुए कहा।

''ये भोला बाबू हैं...भोला प्रसाद शर्मा...जाति के जितने ऊँचे हैं विचारों से भी उतने ही महान...'' हबलू ने कहना शुरू किया तो बाबा ने नज़र भर भोला बाबू को देखा और समझने की कोशिश करने लगे कि हबलू उन्हें यह सब क्यों बता रहा है। बाबा कुछ और दिमाग पर ज़ोर देते उससे पहले ही हबलू ने एक झटके में भोला बाबू की मंशा ज़ाहिर कर दी, ''ये तुम्हारी बिटिया से ब्याह करना चाहते हैं।''

हबलू के मुँह से निकले वे शब्द बाबा को एकबारगी तेज़ हवा के मुँह पर पड़ते थपेड़े से महसूस हुए। बाबा की नज़रों की रील एक बार वापस घूमी और उन्होंने भोला बाबू को एक बार फिर से देखना शुरू किया।

औसत कद का, पेड़ की छाल जैसी खाल और गहरे रंगवाला वह आदमी बाबा को दोबारा देखने पर आँखों में कंकड़ की तरह चुभा। सर पर आधी चाँद चमक रही थी। मुँह लगातार गुटके की जुगाली में व्यस्त था। आँखें देख लगता था जैसे उनमें कभी सफ़ेदी की चमक थी ही नहीं, पीली-मटमैली आँखों में बाबा को जाने कितने ही दोष दीखने लगे। उस भोला नाम के आदमी के चेहरे पर

कहीं से भी बाबा को भोलापन नज़र न आया। अगर कुछ ऐसा था जिसे देखकर रत्तीभर भी ठीक महसूस किया जा सकता, तो वह थे सिर्फ़ उसके कपड़े। बाबा की आँखों को कपड़ों पर सधा देख हबलू ने चिहुँकते हुए कहा, ''अरे इतनी भी क्या जाँच-पड़ताल कर रहे हो कक्का...जे देखो...जनेऊ धारी हैं...और चुटिया भी है।'' भोला के गले से जनेऊ खींचते हुए हबलू ने भोला से कहा, ''पंडित जी ज़रा मुंडी घुमा के इन्हें चुटिया भी दिखा दो तो तसल्ली हो जाए।''

''ऐसी कोई बात नहीं है मालिक,'' बाबा को जब अपनी नीची जाति का एहसास हुआ और भोला बाबू की ऊँची जाति उन्हें अपने ऊपर सवारी करती सी महसूस हुई तो उन्होंने भोला से झेंपते हुए नज़रें हटा लीं।

''तो फिर कैसी बात है कक्का...अरे तुम्हारी लड़की की तो गति सुधर जाएगी...नीच जात में पैदा होके बामनों के घर कौन की डोली जाती है बताओ?'' हबलू बोला तो बाबा को ठेस लगी, उन्होंने हिम्मत करके अपनी बात कहनी चाही, ''वो...वो बात नहीं है मालिक...लेकिन हमारी सुमन तो अभी बीस की भी नहीं हुई...और भोला बाबू तो उमर से...'' दिहाड़ी देने वाले और ऊँची जाति वाले के आगे बाबा इतना ही कह पाए।

''अरे तो क्या फ़रक पड़ता है...बीसेक साल ही बड़े होंगे तेरी लड़की से...। जो इनकी पहली बीवी न मरती तो इन्हें क्या पड़ी थी नीची जाति की लौंडिया ले जाते।'' इतना सुनना था कि बाबा के कलेजे में जैसे किसी ने चाकू घोंप दिए हों।

हबलू ने देखा कि बाबा मुँह लटकाकर सोच-विचार में पड़ गए हैं तो उसने तपाक से एक और पत्ता फेंका, ''देख लो कक्का...ऐसे मौके फिर नहीं मिलते... जवान होती लड़की को कब तक घर में बैठाले रहोगे...ज़माना भी ख़राब है...और फिर भोला बाबू जैसा आदमी दोबारा नहीं मिलेगा, जो लड़की भी लेगा और पैसा भी देगा।''

इतना कहकर हबलू भोला बाबू को लेकर वहाँ से उठ गया था। जाने से पहले बाबा के हाथ में वापस कूची थमाते हुए बोला था, ''सोच लेना अगले महीने फिर आएँगे भोला बाबू...जो तुमको ठीक लगा तो ब्याह के ले जाएँगे साथ।''

उस दिन फिर बाबा किसी के घर की दीवारें दिवाली के लिए चमकाते रहे लेकिन उनका मन अँधेरे में कहीं खो गया था।

वो भी तो चाहते थे कि अपनी बेटी की शादी करें। लेकिन इस तरह एक अधेड़ आदमी को बेचकर नहीं। हबलू के प्रस्ताव से उनका मन जैसे काटों भरी किसी फ़ेंसिंग में अटक गया था और वे लहूलुहान से उससे बच निकलने की कोशिश कर रहे थे।

उस दिन वे घर लौटे लेकिन सुमन से बिना कुछ बोले, बिना कुछ खाए ही चुपचाप खाट पर लेट गए। सुमन ने जब जानने की कोशिश की तो तबियत का बहाना कर चादर तान ली थी। मन में जो पहला ख़याल आया वो वही था जो अक्सर ही इस देश के लोगों के मन में विपत्ति के समय उपजता है, ''जाने कौन से पापों का फल है जो ये दिन भी देखना पड़ रहा है।''

पिछले जन्म तो टटोल नहीं सकते थे, इसलिए बाबा उस दिन खाट पर लेटे-लेटे बचपन की पहली याद से अब तक की ज़िन्दगी में से गलतियों के पत्थर बीनने लगे।

बाबा यानी, रामगोपाल साहू। जाति के तेली लेकिन पिताजी सरकारी मुलाज़िम थे, इसलिए हालात बहुत खराब नहीं थे। पाँच भाइयों में सबसे छोटे रहे इसलिए पैदा होते ही रोने पर भी भाइयों से डाँट खाई। हमेशा सबके हुकुम बजाते और गलतियों पर दुत्कारे जाते। नतीजा यह हुआ कि बस सूरत रामगोपाल की रह गई, सीरत से भोलूराम बन गए। आवाज़ ऊँची करके जीवन में कभी किसी से बात करते किसी ने नहीं सुना-देखा। बस पिताजी की कोशिशों से इंटर पास कर गये थे। आगे पढ़ना चाहते थे लेकिन पिताजी की मौत के बाद भाइयों ने पढ़ने नहीं दिया। खेतीबाड़ी में बैलों की जगह ऐसा जोता कि बाकी चारों के घर तो धन-धान्य से भरने लगे, इन्हें बस दो वक़्त की घास नसीब हो जाती। ब्याह के बाद पत्नी थोड़ी होशियार मिली। दुनियादारी सिखाई। ज़मीनों के हिस्से-बट्टे में अपने नाम ज़मीन भी लिखवाई। फिर खेती से दिन फिरे पर किस्मत ने ज़्यादा साथ न दिया और एक दिन पत्नी भी छोड़ गई। भाइयों को फिर मौका मिला और उन्होंने जो किया उसका नतीजा है कि आज दस साल हो गये मज़दूरी से पेट पालते-पालते। ऐसी सादा ज़िन्दगी जी जिसमें हमेशा जो किया दूसरों के लिए ही किया, वहाँ कैसे कोई अपने गुनाह ढूँढ पाएगा। बाबा ने भी रातभर बहुत सोचा लेकिन उन्हें ऐसा दोष न मिला जिसके मत्थे वो सामने खड़ी इस आफ़त का ज़िम्मा मढ़ सकें।

उस दिन के बाद सुबह हुई और धीरे-धीरे हफ़्ता बीत गया।

''बाबा कोई तकलीफ़ है तो कहो...खाना-पीना काहे छोड़ दिए हो?'' हफ़्ता भर जब अपने बाबा को किसी परेशानी में घुलता महसूस किया तो एक रात सुमन ने पूछा।

''बस तेरी शादी की चिंता है...कोई अच्छा लड़का कहाँ से मिलेगा...न पैसा है न ज़मीन कि दहेज़ ही दे सकूँ...'' बाबा ने सुमन के सर पर दुलार से हाथ फेरा, फिर बोले, ''तुझे याद है तेरी अम्मा कैसी दिखती थी?''

''हाँ याद है,'' सुमन की भी अब तक आँखें भर आई थीं।

''तो बता ज़रा कैसी दिखती थी,'' बाबा ने मुस्काते हुए पूछा।

''तुमको अम्मा की बहोत याद आती है ना बाबा?'' सुमन ने बाबा का दिल टटोलना चाहा।

''तू बिलकुल अपनी अम्मा जैसी दिखती है...आज वो होती तो मुझे तेरी कोई चिंता न रहती...'' इतना कहकर बाबा ने फिर सुमन के सर पर हाथ फेरा और करवट लेकर सोने के लिए आँखें बंद कर लीं, लेकिन नींद कहाँ आने वाली थी। वह तो महीना ख़त्म होने की चिंता में बैठी-बैठी एक-एक घड़ी गिन रही थी।

अगली सुबह जब बाबा जयस्तंभ पहुँचे तो हबलू ने उन्हें फिर घेर लिया, ''सुना है कक्का गाँव में तुमाई ज़मीन गिरवी रखी है।''

''रखी तो है साहब लेकिन हम छुड़वा लेंगे।'' बाबा ने रूखा जवाब दिया फिर फुर्ती से इधर-उधर होने लगे तो हबलू ने हाथ पकड़ लिया, ''देखो कक्का... हमको तुमसे कोई बैर न है...हम तो तुम्हारा भला ही चाहते हैं।'' हबलू ने बाबा के कंधे पर हाथ रखा, फिर आगे बोला, ''अब तुमाई मज़दूरी की उमर चली गई, ज़मीन मिल भी जाएगी तो खेती कैसे करोगे? हमाई बात मान लो...भोला बाबू तुमाई लड़की और ज़मीन दोनों की मुँह माँगी कीमत देंगे, बैंक में जमा करना और बढ़िया खाट पर रज़ाई में घुस के बुढ़ापा काटना।''

''अपने बुढ़ापे की खातिर लड़की को बेच थोड़ी देंगे मालिक,'' बाबा ने हाथ जोड़ते हुए कहा। जैसे कह रहे हों, हमें माफ़ करो, तुम्हारे इस प्रस्ताव को नहीं मान सकते। पर, हबलू भी जैसे ठान के आया था कि आज बाबा का दिमाग फिराकर ही दम लेगा।

"अरे धत्त...कक्का तुम भी हो तो मूरख ही...बेच रहे हो कहकर ज़ुबान ख़राब मत करो," हबलू ने बाबा को ऐसे झिड़का जैसे उन्होंने कोई घोर पाप कर दिया हो। "अरे कक्का वो तो तुम्हारी खातिर ही सोच रहा है कि बिटिया चली जाएगी तो बुढ़ापे के लिए कोई तो सहारा हो...और पैसे से बड़ा कौन सहारा है बताओ...जो तुम्हारा कोई लड़का होता तो थोड़े ही फिर तुमको पैसा देते भोला बाबू...दिल के बहुत भले हैं भोला बाबू।"

"दिल के इतने ही भले हैं तो फिर अपनी ही जात में दूसरा ब्याह काहे नहीं कर लेते?" मन में उबाल ले रही यह बात बहुत हिम्मत करके बाबा ने हबलू के सामने कह दी।

"तुम बिलकुल ही पगला गये हो कक्का...भलाई का तो ज़माना ही नहीं रहा," बाबा के सवाल से सकपकाता-सा हबलू हाथ झाड़ते हुए उठा, फिर जाते-जाते बोल गया, "अब भी दस दिन बाक़ी हैं...अगले बुध को आऊँगा।"

बाबा जानते थे कि उन्होंने जो सवाल पूछा उसका हबलू के पास कोई जवाब नहीं था। और उसका जवाब न देना ही यह साबित कर देता था कि भोला बाबू कितने अच्छे हैं। फिर भी जाते-जाते हबलू, बाबा के मन में जवान होती बेटी को ऊँचे बड़े खानदान में ब्याहने का लालच दे ही गया।

दिन बीत गये और बुध आने में बस एक ही दिन बाकी रहा। सुबह से ही बेचैनी थी मन में। सुमन से सब बात कह देना चाहते थे। उसकी मर्ज़ी जान लेना चाहते थे। पर, मन था कि हर बार हड़का देता था, धिक्कार देता, "आ गये न लालच में तुम...अपनी बेटी को बेचकर कहाँ का सुख पाओगे?" यह बात उनका मन किसी माला की तरह जप रहा था।

"बाबा...आज बड़े दबे पाँव आकर बैठ गये," घर के काम निपटाती सुमन जब कोठरी से बाहर निकली तो देखा बाबा खाट पर बैठे हैं। आवाज़ लगा कर वह हौद से पानी भर हाथ धोने लगी। जब देखा बाबा पर पुकार का कोई असर नहीं हुआ तो कुरते से हाथ पोंछती हुई उनके पास पहुँची और कंधे पर हाथ रखकर ज़ोर से बोली, "क्या बात है बाबा...। आज तो तुमको बताना ही पड़ेगा...महीनाभर हो गया...न कुछ बोलते हो न ढंग से खाते हो...ऐसी क्या समस्या आन पड़ी है," कहते हुए सुमन ने बाबा के हाथ पकड़े और वहीं ज़मीन पर उनके सामने बैठ गई।

"सुमन एक बामन आदमी है...तुझसे ब्याह करना चाहता है..." बाबा का इतना कहना था कि सुमन खिलखिलाकर हँस पड़ी, बोली, "कैसी बौराई-सी बातें करते हो बाबा...कोई बामन हम तेलियों के घर क्यूँ ब्याहेगा।"

बाबा ने सुमन की आँखों में खिलखिलाते तारे देखे तो मन नहीं किया कि आगे की बात कहकर उन्हें आँसू के मोती में बदलें। पर, बात तो करनी थी...कंधे पर बैठे बुढ़ापे को सँवारने का लोभ और बेटी के कन्यादान से मुक्ति उन्हें बार-बार शूल चुभो रहे थे।

"उसकी पहली बीवी मर गई...और उसे अपनी जाति में कोई कुँवारी कन्या नहीं मिल रही..." आँखें चुराते हुए बाबा ने कहना जारी रखा, "इन्सान भला जान पड़ता है, तभी तो कहता है हमसे दहेज़ में कुछ नहीं चाहिए उसे, बल्कि हमारी गाँव की ज़मीन छुड़ाकर उसे ख़रीद भी लेगा और मेरे बुढ़ापे के लिए पैसा भी देगा...कह रहा था..."

कहते-कहते बाबा ने सुमन की तरफ़ एक नज़र देखा तो उसकी आँखों से आँसू बह निकले थे। वह चुप बैठी थी लेकिन बाबा को लगा जैसे उसके आँसू कह रहे हों, "ओह...तो मुझे बेचने का सौदा हो रहा है।" बाबा आगे कुछ न कह सके। बहुत देर तक दोनों चुपचाप बैठे रहे। सुमन के आँसू जब गालों पर सूखकर निशान बन गये तो बाबा ने हिम्मत कर उसके सर पर हाथ रखा और ज़मीन पर उकड़ूँ बैठते हुए बीड़ी सुलगाने लगे।

बहुत देर तक सुमन चुपचाप वहीं बैठी रही, जैसे इंतज़ार कर रही हो किसी के कहने का कि पिछले कुछ मिनिटों में जो हुआ वह एक दुःस्वप्न था। पर, जब उसे एहसास हुआ कि सच में उसके बाबा ने उससे वही सब कहा है जो उसने सुना तो वह चुपचाप उठकर भीतर चली गई। बाहर बैठे बाबा को सुनाई पड़ रहा था कि सुमन ने उनकी थाली लगा दी है, उसमें खाना परोस दिया है, घड़े से पानी ले गिलास भी भरकर रख दिया है। पेट की भूख मन की तकलीफ़ ने कब पाटी उन्हें पता नहीं चला। उनकी रात बाहर खाट पर लेटे-लेटे बीती और सुमन की चौके में चूल्हे के आगे बाबा के लिए परोसी गई थाली के सामने। न उसने बाबा को आवाज़ दे खाने को पुकारा न ही बाबा उठकर आए। धीमे-धीमे चूल्हे की आग राख में बदल गई और रात की राख़ को सुबह की लालिमा लीलने लगी।

सुबह जब सड़क पर जमादार की झाड़ू की आवाज़ और उससे उड़ती

धूल ने बाबा के फेफड़ों को जगाया तो उनकी खाँसी की आवाज़ सुन सुमन बाहर आई। पिछले दस सालों में यह पहली बार हुआ था जब बाबा आसमान में लालिमा बिखर जाने तक खाट पर लेटे रहे हों। उसकी सूजी आँखें देख बाबा उसे दुलारकर पास बैठाना चाहते थे। कहना चाहते थे, "मुझसे गुनाह हो गया बेटा...मैं ख़ुद को बेच दूँगा लेकिन तेरे लिए फिर कभी ऐसा न सोचूँगा," पर मुँह से ज़ुबान न फूटी। जैसे रातभर में ठण्ड ने उनकी आवाज़ को भी जमा दिया हो। वे चुपचाप उठे और गमछा कंधे पर डाल बिना मुँह धोए, बिना चाय पिए, सालों का रिवाज़ तोड़ हैण्ड-पम्प से सुमन के लिए पानी भरे बिना ही हबलू को जवाब देने निकल गए।

रास्ते भर सोचते रहे कि उसे कैसे मना करेंगे, कहीं हबलू मना करने से भड़ककर कुछ ऊँच-नीच तो नहीं कर देगा, कहीं काम दिलवाना बंद तो नहीं कर देगा, और न जाने कितने ही 'कहीं' बाबा के मन में उमड़-घुमड़ होने लगे। उनका मन एक तरफ़ कहता कि सुमन ने कोई जवाब नहीं दिया इसका अर्थ उसकी 'न' नहीं है, पर सुबह देखी उसकी सूजी आँखें कहती हैं कि उसकी 'हाँ' भी नहीं है।

मन इतना बेचैन था कि अपने लिए तसल्ली ढूँढते-ढूँढते वह बाबा को एक मन्दिर के चबूतरे तक ले गया। परेशानी में इंसान भगवान को याद करता है ताकि अगर वह परेशानी से न निकल सके तो सारी ज़िम्मेदारी भगवान् पर थोपी जा सके। बाबा ने भी माथा टेका और मन्दिर के बाहर बीड़ी सुलगाकर बैठ गये। वे चाहते थे कि आज का दिन कहीं खो जाए और उन्हें हबलू से न मिलना पड़े। मगर, पानी में रहकर मगर से बैर क्या? हबलू ठेकेदार था और बाबा मज़दूर। कभी-न-कभी तो मिलना ही पड़ता। यही सोचकर बाबा उठे और यह ठानकर हबलू के पास पहुँचे कि जो भी हो वे हिम्मत करके हबलू से न कह ही देंगे। वे जब हबलू के पास पहुँचे तो वह बैठा उन्हीं का इंतज़ार कर रहा था।

"अरे कक्का...कहाँ गायब थे...। ये लो मिठाई खाओ..." हबलू ने मिठाई के डिब्बे से एक लड्डू बाबा के मुँह में ठूँसते हुए कहा।

बाबा को लगा जैसे हबलू न सुनना ही नहीं चाहता, इसलिए मिठाई खिलाकर उन पर दबाव बना रहा है। उन्होंने थोड़ी हिम्मत बटोरी और बोले, "मालिक...वो मेरी बिटिया अभी..."

"अरे क्या अभी-तभी कक्का...तुम तो बड़े चालाक निकले," हबलू ने

उनकी बात काटते हुए कहा।

"ऐसा काहे कह रहे हैं मालिक," बाबा को समझ नहीं आया तो उन्होंने सवाल किया।

"अरे, अब बनो मत...खुद गायब रहे और बिटिया को ही भेज दिए बात करने...। अभी-अभी तो गई है...कहकर गई है पूरे बीस लाख़ लेगी...सब तुम्हारे नाम बैंक खाता खोलकर जमा कराना पड़ेगा वो भी फेरों से पहले," हबलू की आँखों में किसी सौदागर-सी ही चालाकी झाँक रही थी। बाबा के चेहरे पर सवाल पढ़ते हुए उसने आगे कहा, "तुम्हें खोजते हुए आई थी यहाँ...तुम तो मिले नहीं तो मुझसे ही सब बात कह गई...माँग तो बहुत है उसकी पर देखता हूँ मैं भोला बाबू से बात करूँगा...तुम जाओ घर और कल फेरों की तैयारी करो..."

हबलू की बातें सुन बाबा को लगा जैसे किसी ने उन्हें किसी गड्ढे में गाड़ दिया हो। उनकी बेटी अपने बाप की लाचारी के आगे इतनी मजबूर हो गई कि अपनी ही बोली लगा गई। बहुत हिम्मत करके वे काँपते क़दमों से घर पहुँचे कि कैसे उसका सामना करेंगे। घर पहुँचे तो सुमन देहरी पर बैठी उन्हीं का इंतज़ार कर रही थी...

"आ गए बाबा...आओ खाना लगा दूँ...कल भी भूखे थे..." सुमन ने कहा तो बाबा ने उसकी आँखों में झाँका। उसकी आँखों में आँसू नहीं थे लेकिन बाबा जानते थे कि इस वक़्त उसका दिल कितना रो रहा होगा। बाबा सुमन को कसकर गले लगाना चाहते थे और बहुत कुछ कहना चाहते थे, लेकिन बस सुमन के सर पर हाथ रखकर बोले, "मैं कहता था ना तू बिलकुल अपनी अम्मा पर गई है..."

प्रायश्चित

"मैं कहता हूँ छोड़ दे नहीं तो इसके साथ तुझे भी फेंक दूँगा," किशोरी ने एक बार फिर अपने पैर को झटकते हुए अपनी पत्नी सुन्नी के हाथों से छुड़ाने की कोशिश की। एक घंटा पहले छत पर जल चढ़ाने आया किशोरी अपनी पत्नी से फिर भिड़ बैठा था। शुरुआती कुछ मिनट तक चलने वाली गालियों की बमबारी से सुनने वालों को कोई खास फ़र्क नहीं पड़ा। सुन्नी भी बच्ची को गोद में लिए कभी उसकी गर्दन ज़बरदस्ती छाती से लगा दूध पिलाती, कभी किशोरी को हारे हुए भाव में जवाब देती। किशोरी और सुन्नी की मेजबान बनी किशोरी की बड़ी बहन विमला का पूरा परिवार घंटेभर से चल रही इस कलह को सुन रहा था मगर किशोरी के मामलों में पड़ने की हिम्मत किसी की कब हुई थी जो आज कोई कुछ बोलता। सब किशोरी के गरम मिज़ाज और सुन्नी से होने वाली उसकी लड़ाइयों से बाखूबी वाकिफ़ थे।

नीचे तो चूल्हे पर कड़ाही चढ़ी थी। सावन के गीत गाती विमला अपने भाई के लिए पूरियाँ तल रही थी और ऊपर छत पर किशोरी अपने गुस्से के पाटों के बीच सुन्नी और अपनी तीन साल की बेटी को दल रहा था।

"अरे अब बस भी करो...आग लगे तुम दोनों को...अरे दोनों में से एक भी चुप नहीं होता...पूरे त्यौहार को मातम बनाकर छोड़ेंगे," विमला ने नीचे से इतने ऊँचे स्वर में कहा कि किशोरी और सुन्नी दोनों को सुनाई दे जाए, पर वे कहाँ सुनने वाले थे। कुछ देर तक यूँ ही छत से लड़ने की आवाज़ें आती रहीं, फिर यकायक ही आवाज़ें आनी बंद हो गयीं तो सबको लगा शायद मामला सुलट गया है।

बच्ची की चीख़ सुनाई न देती तो सब मामले को सुलटा समझ ही खुश हो लेते, पर, जब दिल में सटाक से लगे तीर की तरह बच्ची की चीख़ सबके

कानों में पड़ी तो छलाँगे भरते हुए सब छत पर पहुँच गए।

''किशोरी...दिमाग ठिकाने है तेरा,'' विमला ने छत पर जो नज़ारा देखा उसे देख चीख़ उठी। विमला ही क्या बाकी सबके गले का पानी भी किशोरी की हरकत देख सूख गया। सुबह ख़त्म हो रही थी। ऊपर सूरज अपनी तपिश बढ़ाकर दोपहर की ओर बढ़ चला था। नीचे किशोरी को देख लग रहा था मानो आज वही है सूरज के रौद्र रूप में। उसने अपनी 3 साल की बच्ची को छत के छोर से उल्टा लटका रखा था। सुन्नी बेसुध ही सुबक रही थी, किशोरी के हाथ-पैर जोड़ रही थी कि बच्ची को नीचे उतार दे। कोई समझ ही नहीं पा रहा था कि किशोरी करना क्या चाहता है? क्या उसका गुस्सा इतना बढ़ गया कि आज वह अपनी बच्ची की जान लेने पर उतारू है?

''किशोरी ये तू क्या कर रहा है, बच्ची को इधर ला, हाथ से छूट गयी तो क़यामत आ जाएगी मेरे भाई, बच्ची मुझे दे दे,'' विमला ने अपने आँसुओं को काबू कर किशोरी को डपटते हुए कहा।

''नहीं जीजी, आज तो मैं ये रोज़-रोज़ का तमाशा ख़त्म करके ही रहूँगा,'' बहन के हुकुम को सिरे से खारिज करते हुए किशोरी ने कहा।

''नहीं किशोरी, इसमें बच्ची की क्या गलती है, तू इसे क्यों मारने पर तुला हुआ है? अपना गुस्सा ठंडा कर मेरे भाई और बच्ची मुझे दे,दे,'' बहन ने देखा कि डपट काम नहीं आई तो वह गिड़गिड़ाने लगी।

''नहीं जीजी सारे फसाद की जड़ यही है, इसकी माँ को मैं इसलिए ब्याह कर नहीं लाया था कि मैं उसकी और उसकी औलाद की चाकरी करूँ, अपने माँ-बाऊजी की सेवा कराने के लिए लाया था, अब इसकी माँ इसे उस गाँव में रखना नहीं चाहती, कहती है बच्ची वहाँ रहेगी तो उसकी ज़िन्दगी बर्बाद हो जाएगी...मेरे माँ-बाऊजी के पास रहेगी तो बच्ची बिगड़ जाएगी ना, तो अब ना बच्ची रहेगी ना कोई रायता फैलेगा...और अब मुझे आगे कोई औलाद भी नहीं चाहिए,'' किशोरी के हाथों में उल्टी लटकी बच्ची नहीं जानती थी कि उसे किस गुनाह की सज़ा मिल रही है। वह बेहिसाब रोए जा रही थी, फिर भी उसकी चीखें उसके पिता को नहीं पिघला पा रही थीं।

पूरा घर छत पर खड़ा होकर बच्ची को वहाँ से हटाने की गुहार लगा रहा था। अधर में लटकी अपनी बच्ची की सिसकियाँ सुन सुन्नी भी अधमरी-सी

हुई जा रही थी। माँ और बच्ची दोनों के आँसू न रुकते थे। बच्ची की साँस भी अटकने लगी थी, मगर पिता कैसा दानव बन गया था कि उसे किसी के आँसू भी दिखाई न देते थे।

विमला फिर चिल्लाई, "किशोरी तू बच्ची को इधर ले आ, मैं सुनीता से बात करूँगी, तू जैसा कहेगा वैसा ही होगा लेकिन बच्ची को इधर ले आ।"

विमला का वादा कहो या बच्ची की सिसकियाँ या किशोरी का ख़ुद अपने गुस्से से थक जाना था, जाने किसका असर हुआ कि आख़िर में किशोरी ने बच्ची को वहाँ से हटाकर ज़ोर से उसकी माँ की गोद में फेंक दिया और अपनी साइकल उठाकर घर से निकल गया।

अब तक छत की मुँडेर पर अटकी सबकी जान वापस आई। सुन्नी कभी बच्ची के गाल चूमती, कभी उसे सीने से लगाती। जैसे आज पहली बार बच्ची से मिल रही हो। बहुत देर तक अपनी ननद से लिपटकर रोती रही थी सुन्नी।

"किस जन्म के पाप फूट रहे हैं जीजी..." कहते-कहते सुबकती रही थी सुन्नी, विमला से लिपटकर।

एक मध्यमवर्गीय परिवार में पाँच भाइयों की इकलौती बहन थी सुनीता। बहुत ही लाड़-दुलार से पली-बढ़ी। नाज़-नखरे उठाने वाले भाई तो ऐसे कि हर इच्छा बिना कहे ही पूरी हो जाती। जब तक सुन्नी ने चाहा पढ़ाई भी कराई। मायके में उसने कभी देखा ही नहीं था कि बेटे-बेटी में कोई फ़र्क भी होता है। बाऊजी तो उल्टा सुन्नी के आगे भाइयों को ही डपटते रहते थे, मगर मजाल है सुन्नी से कभी किसी ने ऊँची आवाज़ में बात भी की हो।

"अम्मा ऊ कहत रहे कि अपनी ख़ातिर नहीं ब्याहे...। अपने साथ न रखेंगे नौकरी पे...। गाँव में ही रहो कह दिए हैं..." शादी की पहली रात ही किशोरी ने सुन्नी पर जो वज्रपात किया था उसके ज़ख़्म सुन्नी ने पहली दफ़ा मायके आते ही घरवालों को दिखा दिए थे। कितना रोई थी वह अपनी अम्मा की गोद में सिसक-सिसककर। सहेलियों ने पहली रात की जितनी कहानियाँ उसे सुनाई थीं, सब ही तो झूठी साबित हुई थीं उसके मामले में। उसे तो जैसे एक अलग ही दुनिया में निरे हैवान से बाँध दिया था घरवालों ने।

"देखो बिटिया, अपनी तरफ़ से तो हम खूब बढ़िया घर-द्वार ढूँढे रहे...। सरकारी मुलाज़िम, पढ़ा-लिखा, घर-खानदान सब देख के ब्याहे, अब जो मिला

उहे ही अपनी किस्मत जान लेओ...बेटियाँ मायके में जादा दिन अच्छी न लगे हैं,'' पहली बार ही जब सुन्नी ने वापस आकर अपनी समस्या अपने बाऊजी को बताई थी तो उनके जवाब ने सुन्नी को आश्चर्य से भर दिया था। बेटियाँ एक बार पराई हो जाएँ तो अपने माँ-बाप भी पराए हो जाते हैं।

''बाऊजी वो बहुत जुलम करता है सुन्नी पर...ऐसे तो मर जावेगी,'' भाइयों ने जब सुन्नी का पक्ष लिया तो बाऊजी ने सबको आदेश दे डाला था, ''अरे कैसे भाई हो, जे तो नहीं कि बहन को समझाएँ...तनिक झुककर चलना सिखाएँ...अरे तुम ही लोगन ने ईकी ज़िन्दगी बेहाल की...खूब सिर पे बैठाया अब ठसक भर गई है।''

बाऊजी के आगे किसी की न चली और सुन्नी को आख़िरकार ससुराल वापस जाना पड़ा था। ससुराल में सुन्नी को जब किशोरी अकेला छोड़ गया तो विमला ने ही सहारा दिया था। थी तो ननद लेकिन किस्मत ने उसे ननदों वाले कोई लक्षण नहीं दिए थे।

''देख भई सुन्नी...भाई का मिज़ाज तनिक तीखा है हमारे...। लेकिन हम बिलकुल गुड़ की डली हैं...हमें खुश रखोगी तो तुमाए हो जावेंगे,'' कहते हुए जब सुहागरात की अगली सुबह सुन्नी की सूजी आँखें विमला ने देखीं तो उसे हँसाने की कोशिश देर तक करती रही थी। उस दिन की मसखरी से शुरू हुई उनकी दोस्ती बढ़ती ही रही। विमला की अपने भाई के आगे कुछ कहने की कभी हिम्मत तो न होती, लेकिन वह सुन्नी के लिए वो कन्धा ज़रूर बन गई थी जिस पर सुन्नी सर रखकर अपने दुखड़े रो ले, अपना दर्द बाँट ले, अपने गम हल्के कर ले। एक ही गाँव में रहने से सुन्नी को विमला का सहारा मिला, जिसके दम पर ही वह अब तक तीन साल काट चुकी थी। मगर अब उसकी बेटी बड़ी हो रही थी और वह भी जीवनभर अपने पति से दूर गाँव में नहीं रहना चाहती थी। बस यही एक गुहार अब वह अक्सर किशोरी के आगे लगाती जब भी वह गाँव आता।

''जीजी आप ही बताओ मैंने कौन-सी गलत बात कह दी,'' किशोरी के चले जाने के बाद विमला की गोदी में सुबकते हुए सुन्नी ने पूछा था, ''आप तो जानत हो ई गाँव में लड़कियों के लिए कोई ज़िन्दगी नहीं है।''

''बात तो सही है...ज़िन्दगी होती तो हम भी पढ़-लिख न गए होते,'' विमला ने ठंडी आह भरकर सुन्नी की हाँ में हाँ मिलाई, जैसे सुन्नी अपनी बेटी

की नहीं बल्कि विमला की ही बात कर रही हो।

''वही तो...आपको कौन-सा सुख मिला ई गाँव में...मायके में भी चूल्हा-चौकी में जी उलझाए रखीं और इहाँ भी ऐसे घर में ब्याह दिए कि चूल्हे की राख समेटते ही ज़िन्दगी कट जाएगी।'' सुन्नी बिना इस बात की परवाह किए कि वह विमला के ही घर में बैठी है कोई सुन लेगा तो क्या कहेगा, कहती गई।

''अब ऐसी ही किस्मत थी सुन्नी हमाई...का करते,'' विमला ने इधर-उधर नज़र फिराई कि कोई सुन तो नहीं रहा।

''जिज्जी आप और हम तो किस्मत मानके चुप रहे, मगर अब ज़माना बदल रहा है...अब लड़कियाँ अनपढ़ रहें तो कोई ब्याहने भी न आवेगा...और हम तो चाहते हैं कि हमाई लाली पढ़-लिखके नौकरी करे...। अपने पैरों पे खड़ी हो जाए,'' सुन्नी के आँसू फिर भर आए थे अपनी बेटी के उजले भविष्य की कामना और सामने खड़ी मुसीबतों को देख।

''देख सुन्नी...एक बात कहें बुरा न मानना...मगर जो हमाई बात मान लोगी तो तुम्हीं फ़ायदे में रहोगी,'' विमला ने इधर-उधर देखा और धीमी आवाज़ में सुन्नी से कहा, ''हमाई मानो तो एक लड़का कर लेओ...लड़का हो जावेगा तो किशोरी दौड़े-दौड़े तुमको अपने साथ नौकरी कने ले जावेगा।''

विमला की बात पर सुन्नी ने कोई जवाब नहीं दिया। उसके पास कोई जवाब था भी नहीं। वह क्या कहती कि सोचा तो पहले उसने भी था दूसरे बच्चे के बारे में लेकिन वह जानती थी कि अगर दूसरा बच्चा लड़का हो गया तो उसकी बेटी को और भी नहीं पूछा जाएगा। इसी ख़ातिर तो वो किशोरी से छुप-छुपकर गोलियाँ खाती रहती थी।

''देखो वैसे तो किशोरी ने आज तक कौन ही सुनी है...फिर भी तुम्हाई ख़ातिर हम उससे बात करेंगे...। पर कहे देते हैं, हमने जो कही है उसके बारे में सोचना...किशोरी बदल ही जावेगा देखना फिर...गाँठ बाँध लेओ,'' विमला ने जब अपने मशविरे पर सुन्नी की तरफ़ से कोई जवाब नहीं पाया तो बात को बदलते हुए बोली, ''चल अब कुछ खा-पी ले, लड़की को दो हाड़ की तो धरी है, जाने कहाँ से छतियन में लड़की के लिए दूध लाती है,'' कहते हुए विमला मुस्कुराकर उठ गई और सुन्नी उसके ज़हन में अब भी पिछले हफ़्ते की रात घूम रही थी।

''अरे जे का कर रहे हो...महीनन में आत हो और आते ही तुमको आग

ठंडी करनी है...छोड़ो हमें लाली उठ जावेगी,'' पिछले हफ़्ते जब किशोरी गाँव आया तो रात को फिर उसने सुन्नी को बिस्तर में खींच लिया था।

''अरे तो तुमसे आग ठंडी न करेंगे तो कहाँ करेंगे...। फिर ई बार कोई नखरा न कर...पिछली बार ऐसे ही रीता भेज दी थी तुम हमका,'' कहते हुए किशोरी ने सुन्नी के ब्लाउज़ के हुक खोल दिए थे।

''अरे अरे...। तनिक सबर करो...अम्मा जाग रही हैं अभी...और टुपिया तो ले आन देओ,'' सुन्नी ने बाहर से आती अपनी सास की खाँसने की आवाज़ सुनी तो बिस्तर से उठने के लिए किशोरी को धकेलती हुई बोली।

''आज कौनो टुपिया-उपिया न पहन रहे हम...अब हमें एक बिटवा चाही बस...'' किशोरी ने सुन्नी का हाथ पकड़ उसे वापस बिस्तर पर खींच लिया था।

''हमको अभी दूसरा बच्चा नहीं चाही...'' सुन्नी का इतना कहना था कि किशोरी का गुस्सा हमेशा की तरह मिनिटों ने चढ़ा और सुन्नी को घसीटते हुए उसने कमरे के दरवाज़े से बाहर घसीट दिया...''नहीं चाही तो रह फिर यहीं बाहर, हमको भी तुम्हें सर पे बैठाने का कोई शौक न है।''

फिर एक रात सुन्नी ने कमरे के बाहर ही रोते हुए काट दी थी। वह कोई पहली ऐसी रात नहीं थी जब सुन्नी को बाहर धकेला गया हो। किशोरी हमेशा यही तो करता था। वह जानता था कि सुन्नी के लिए मायके के दरवाज़े बंद हो चुके हैं, इसलिए जितना चाहे उसे ज़लील करता और अगले दिन फिर वही रामकहानी शुरू हो जाती। अपनी आत्मा और शरीर पर कितने ही ज़ख्मों का बोझ लिए सुन्नी इस रिश्ते को अपनी बेटी की खातिर निभा रही थी।

''हम तो आज अभी ही चले जाएँ लाली, लेकिन का खाएँगे, का कमाएँगे...। और अकेले कैसे ज़िन्दगी कटेगी,'' कहते हुए वह अपनी नन्ही-सी बेटी से ऐसे गले लगकर रोती जैसे उसकी बेटी उसकी हर तकलीफ़, हर दुःख को समझती हो।

''चल अब घर चलकर मेरा सूटकेस बाँध दे...। कल ड्यूटी जाना है,'' सुन्नी अभी तक विमला की गोद में सुबक रही थी कि किशोरी ने वापस आकर हुकुम सुनाया।

''अरे ऐसे कैसे चले जाओगे...। इतना खाना बनाया है...राखी भी नहीं बँधाएगा क्या...और तू चल तो ज़रा मेरे साथ बात करनी है तोसे,'' विमला किशोरी का हाथ पकड़कर उसे दूसरे कमरे में ले गयी।

"जीजी अब तू मुझे समझाने की कोशिश मत कर, मैंने जो सोच लिया है वही करूँगा," किशोरीलाल ने उसके साथ जाते हुए कहा।

"देख किशोरी मैं तुझे बस इतना कहना चाहती हूँ कि तू वक़्त रहते समझ जाये तो अच्छा है, तू चार साल से सुन्नी को समझाने की कोशिश कर रहा है, लेकिन जब उसने अब तक अपनी ज़िद न छोड़ी तो वो आगे भी नहीं छोड़ेगी...कल को ऐसा न हो कि वो बच्ची को लेकर घर छोड़कर चली जाये, फिर तू क्या करेगा, आजकल भली लड़कियाँ कुँवारों को तो मिल नहीं रहीं तू तो..." इतना कहकर विमला रुक गयी, फिर किशोरी का हाथ पकड़कर बोली, "देख किशोरी उससे आराम से बैठकर बात कर, वो भली औरत है, तू उसके साथ अच्छा रहेगा तो वो तेरे माँ-बाप के पैर-धोकर भी पी लेगी।"

विमला की यह बात शायद किशोरी के भीतर तक गई। वह जानता था कि सुन्नी हार मानने वाली औरतों में से नहीं है। वह यह भी जानता था कि सुन्नी ने ज़िद पकड़ ली तो वह घर से जा भी सकती है। राखी के साथ बहन से मिली हिदायतों और सुखी परिवार का आशीर्वाद ले जब किशोरी उसके घर से निकला तो कुछ ख़याल उसके भीतर उमड़-घुमड़ रहे थे। वह अब बीच का कोई रास्ता निकालना चाहता था। बहन के घर जो हुआ उससे वह भी खुश नहीं था। अपनी बेटी के लिए उसके दिल में कितनी भी कुढ़न हो, लेकिन थी तो वह उसका ही अंश, इसलिए कहीं मन में तकलीफ़ भी थी कि यदि आज कुछ हो जाता तो बड़ा अनर्थ घट जाता।

घर से निकलते हुए जब सुन्नी ने विमला के पैर छुए तो आशीर्वाद देते हुए उसने धीरे से सुन्नी से कहा, "मैंने अपनी तरफ़ से समझाने की कोशिश तो की है बाकी जो तेरे भाग्य का होगा वही तुझे मिलेगा।"

सुन्नी का भाग्य बुरा था पर इतना भी बुरा नहीं। विमला की शिकायत पर जब सुन्नी की सास ने किशोरी को हड़काया तो वह कुछ कर नहीं पाया, सिवाय इसके कि सुन्नी को अपने साथ ले जाए। जाने से पहले वाली रात उसने सुन्नी को अपने साथ चलने की ख़बर सुनाई, "देख सुन्नी मैं तुझे गाँव में नहीं छोड़ूँगा लेकिन मेरी एक शर्त है।" सुन्नी चुपचाप किशोरी की बात सुनती रही। "तुझे हर साल दिवाली में महीने भर को और गर्मियों में 2 महीने को गाँव आकर रहना पड़ा करेगा और इसके अलावा जब भी लाली के स्कूल में छुट्टियाँ पड़ेंगी तुझे

गाँव ही आना होगा मायके जाने की ज़िद नहीं करेगी।''

सुन्नी जानती थी कि शर्त उसकी बेड़ियाँ बन जाएँगी। माँ-बाप से रहा-सहा रिश्ता भी टूट जाएगा, लेकिन उस समय सुन्नी के पास और कोई चारा नहीं था सिवाय इसके कि शेर के पंजों में जकड़ी अपनी गर्दन को हामी भरकर छुड़वा ले। सुन्नी ने किशोरी की हर शर्त मानकर उसको इठलाने का और एक मौका दे दिया। यूँ तो किशोरी भी सुन्नी के चेहरे पर पसरी जीत की मुस्कान देखकर कम तिलमिला नहीं रहा था।

''हाय-हाय...अभी उमर ही क्या थी।''

''बेटी के ब्याह का सुख तो ले जाती।''

''बेचारी ने उमर भर दुःख ही झेले।''

भीतर कमरे में घूँघट निकाले जितनी औरतें बैठी थीं उतनी ही तरह की बातें मातम से भरे उस कमरे में बिखरी हुई थीं। बीच-बीच में जब कोई नई बैठने वाली आती तो पहले से बैठी महिलाओं में से कुछ छाती पीटकर 'हाय-हाय' के साथ फिर रोते हुए सुर ऊँचा कर देतीं। उनकी यह ऊँची-नीची होती आवाज़ मातम पर निभाये जाने वाले रिवाज और दस्तूर में कोई कसर नहीं छोड़ रही थी।

पुरुषों की बैठक इससे बिलकुल उलट, चुपचाप, ग़मगीन, उदास चेहरों के साथ पूरी हो रही थी। घर के बाहर एक भव्य शामियाना लगा हुआ था, आवक-जावक लगी हुई थी। सबने दूधिया रंग के कपड़े पहने हुए थे। एक बड़ा-सा मंच लगा हुआ था, जिस पर सुन्नी की तस्वीर रखी थी। तस्वीर पर चढ़ी फूलों की माला अब कुम्हलाने लगी थी। बैठकी में आए लोग ज़रूर कुछ ताज़े फूल थोड़ी-थोड़ी देर में चढ़ा जाते थे। एक दीया भी जल रहा था, जिसमें घी ख़त्म होने से पहले ही दोबारा भर दिया जाता। आज सुन्नी की तेरहवीं थी।

बारी-बारी से लोग आकर सुन्नी की तस्वीर के बगल में खड़े हो सुन्नी के बारे में, उसकी आत्मा की शांति के लिए कुछ शब्द कहते, कुछ उसके व्यक्तित्व के बारे में कहते। किशोरी के कानों में सबके शब्द पड़ रहे थे, किन्तु उसका मन बीते दिन में उलझा हुआ था। ''यह कैसे हो गया...जब मैं तुम्हें जान पाया तो तुम चली गईं...सँभालने का मौका तो देतीं...'' यही बात उसका मन भीतर-ही-भीतर चीख़-चीख़ कर कह रहा था। वह सुन्नी की तस्वीर से लिपटकर रो लेना चाहता था, वह भी सब छोड़ उसी के साथ चला जाना चाहता था।

कितना खुश था वह कल। ''अरे किशोरी तुमने तो कमाल ही कर दिया भई,'' दफ़्तर में जब साहब ने किशोरी की पीठ थपथपाते हुए उससे कहा तो वह एक पल को समझ नहीं पाया था कि हुआ क्या है। उसी असमंजस में साहब से पूछ बैठा, ''मैंने क्या किया साहब...कोई गलती हो गई क्या?''

सरकारी दफ़्तरों में निचले दर्जे के मुलाज़िमों को बड़े साहब लोग कब शाबाशी देते हैं, वह भी पीठ थपथपाकर। किशोरी को शंका हुई कि कहीं उससे कोई गड़बड़ी तो नहीं हो गई, इसलिए उसने डरते-झिझकते पूछा था तो साहब ठठाकर हँस दिए थे, फिर झूठ-मूठ की नाराज़गी चेहरे पर लाकर बोले थे, ''हाँ, भाई...गलती तो तुमसे हुई है...अपनी बिटिया को इतना होशियार बना दिया और हमें भनक भी नहीं लगने दी...अरे उसने स्टेट में टॉप किया है...और तुम सबको मिठाई खिलाने की जगह मुझसे पूछ रहे हो कि मैंने क्या किया...क्यों भई शर्मा ठीक कह रहा हूँ ना,'' साहब ने गुज़रते हुए किसी मुलाज़िम को रोककर कहा।

''ठीक कह रहे हैं साहब...एक हमारे बच्चे हैं...ट्यूशन-फ़ैशन में इतने पैसे उड़ाकर भी सत्तर से आगे नहीं बढ़ पाते और इसकी बिटिया है...कितनी भली...कितनी सादा-सुशील...और देखो बारहवीं में 98 परसेंट...मिसाल कायम कर दी बिटिया ने तो।''

साहब लोगों की बातें सुनकर किशोरी को इतनी शर्मिंदगी कभी नहीं हुई थी। उसकी बेटी का रिज़ल्ट आने वाला था और उसे मालूम तक नहीं था। मालूम होता भी कैसे, उसने कभी परवाह ही नहीं की थी जानने की कि उसकी लाली पढ़ती कौन-सी कक्षा में है। सुन्नी लड़-भिड़कर लाली को पढ़ा रही थी। नतीजतन किशोरी के सामने लाली को घर के काम करने पड़ते और पिता से लुक-छिपकर पढ़ाई। किशोरी कभी सपने में भी यह नहीं सोच सकता था कि उसकी बेटी के लिए कभी कोई उसकी पीठ थपथपाएगा। उसकी आँखें भर आईं और मन किया कि सुन्नी को जाकर शाबाशी दे। उससे कहे कि देख सुन्नी तेरी वजह से ही आज यह संभव हुआ कि जो साहब लोग कभी सीधे मुँह बात नहीं करते थे, आज मेरी पीठ थपथपा रहे हैं।

किशोरी भीतर-ही-भीतर आत्मग्लानी से जल उठा था। इतने सालों वह अपनी ही बच्ची के भविष्य और सफलता में जिस तरह से रोड़े अटका रहा था, उसे उसकी बच्ची ने हर कठिनाई के बाद भी न सिर्फ़ पा लिया था, बल्कि

उसका सीना उससे ऊँचे लोगों के सामने फुला दिया था।

"साहब मैं घर जाऊँ..." किशोरी ने झिझकते हुए पूछा तो साहब ने मुस्कुराकर कहा, "जाओ...आज की छुट्टी...मिठाई लेते जाना और कल जब दफ़्तर आओ तो हम सबके लिए भी लेते आना।"

किशोरी भी तो यही चाहता था। आज वह अपनी लाली को गले लगाना चाहता था। अपनी सुन्नी को गले लगाना चाहता था। उसने घर जाने से पहले मिठाई ख़रीदी और सुन्नी के लिए एक गजरा भी। सोच लिया था कि आज घर जाकर सुन्नी से अपने हर गुनाह की माफ़ी माँग लेगा।

किशोरी फुर्ती में जब घर पहुँचा तो उसे आँगन से खुशियों की किलकारियाँ नहीं बल्कि दर्द भरी चीखें सुनाई दीं।

"किशोरी...। लील गई रे...। तोरी मोड़ा की चाह लील गई सुन्नी को," किशोरी के घर में कदम रखते ही किशोरी की बहन विमला ने कहा था।

एक हाथ में मिठाई और दूसरे हाथ में गजरा लिए किशोरी सीधा छत पर चला गया था। बिना किसी से कुछ कहे, कुछ सुने। छत के एक कोने में बैठकर वह फूट-फूटकर रोया था। उसके आँसू थमते नहीं थे। वह ख़ुद से इतना नाराज़ हो गया था कि सुन्नी के साथ अपनी चिता को भी मुखाग्नि देना चाहता था। उम्र भर जिसे लताड़ता रहा था अब उसके चले जाने के बाद उसके लिए आँसू बहाने से उसे कुछ भी हासिल नहीं होने वाला था, सिवाय इसके कि ख़ुद से उसकी नाराज़गी कुछ कम हो जाती। हम इन्सान पहले गुनाह करते हैं फिर जब उनकी सज़ा मिलती है तो पछतावे के आँसू बहाते हैं। चिड़िया चुग गई खेत मुहावरा शायद ऐसी ही स्थितियों के लिए किसी ने बनाया होगा। जब इन्सान का सब लुट जाता है और वह माथा पकड़कर रोने के सिवाय और कुछ नहीं कर सकता। सारी ज़िन्दगी किशोरी, सुन्नी से लड़ता रहा। उसे मारता रहा, एक बेटा पैदा करने का दबाव बनाता रहा और अब जब उसे अपनी गलती का पछतावा हुआ तो सुन्नी जा चुकी थी। तीसरी बार बच्चा पैदा करने की कोशिश में उसने अपनी जान गँवा दी।

पाप तो सुन्नी से भी हुए थे, उसे जब भी भनक लगी कि वह पेट से है उसने गोलियाँ खाकर उम्मीद को ख़त्म कर दिया। वह एक और बच्चा वह भी बेटा नहीं चाहती थी। वह अपनी बेटी के अधिकारों को बेटे के मोह में नहीं

मारना चाहती थी, बस इसलिए हर बार यह पाप करती गई और अंत में उसकी यही गलती उसकी जान ले बैठी।

''किशोरी...तू भी कुछ बोल दे लल्ला,'' किशोरी के चचेरे बड़े भाई ने जब किशोरी के कंधे पर हाथ रखा तो उसे होश आया। उसकी आँखों में बमुश्किल थमे हुए आँसू थे जिन्हें कोई भी देख सकता था।

एक लाली ही थी जो अपने पिता की आँखों में उन आँसुओं को नहीं देख सकती थी। वह अपने पिता से आज तक डरती आई थी। नाराज़ थी। लेकिन आज उसे लग रहा था कि उसका पिता ही उसकी माँ की मौत का ज़िम्मेदार है। किशोरी जब सुन्नी को श्रद्धांजलि देने उठा तो लाली किवाड़ की ओट से झाँकने लगी। उसकी नज़रें अपने पिता पर ही टिकी थीं।

''उन्नीस सालों में मैं कभी ये महसूस ही नहीं कर पाया कि वो मेरी ज़िन्दगी का इतना बड़ा हिस्सा थी, जिसके बिना अब कुछ भी हो पाना नामुमकिन-सा लगता है,'' काफ़ी देर तक सुन्नी की तस्वीर को देखते रहने के बाद किशोरी हिम्मत करके बस इतना ही कह पाया और सर झुकाकर वापस अपनी जगह जाकर बैठ गया। लेकिन लाली ने उसकी आँख के कोने से गिरते आँसू देख लिए थे। और वह माँ के चले जाने के गम के साथ अब पिता का यह रूप देख आश्चर्य में भी थी। उसने तो पिता से इससे बिलकुल उलट की ही उम्मीद की थी।

उसे यकीन ही नहीं हो रहा था कि उसके पिता उसकी माँ की अहमियत कभी समझ सकते हैं। उसे पूरा यकीन था कि यह महज़ एक दिखावा था लोगों को दिखाने के लिए। क्योंकि बचपन से उसने अपनी माँ को मार खाते ही देखा था और उसे सबसे ज़्यादा दुःख इस बात का था कि हर बार उसकी माँ पर हुए अत्याचार की वजह वह खुद होती थी। उसे शायद यह तो याद नहीं कि जब वह तीन साल की थी तो उसके पिता ने उसे मारने की कोशिश की थी लेकिन उसे यह ज़रूर याद है कि उसने कभी अपना ननिहाल नहीं देखा।

''तू चुप रह...अपनी माँ जैसी लम्बी ज़ुबान निकल आई है,'' लाली जब बोलने लायक हुई तो माँ की दीवार बनने लगी, मगर बदले में पिता उस दीवार पर कीलें ही ठोकते जो उसे भीतर तक चुभ जातीं। साथ ही सुन्नी को भी खरी-खोटी सुनाते, ''यही सिखाओ तुम इसे...। एक तो लड़की जात ऊपर से मुँह चलाए...ससुराल से वापस भेज दें दलवा लेना फिर अपनी छाती पे मूँग।''

"मेरी वजह से अम्मा को कुछ न कहा करो पापा...जो कहना है मुझसे कहो।" एक दिन जब लाली से बर्दाश्त नहीं हुआ तो वह सीना तान अपने पिता के सामने खड़ी हो गई थी और किशोरी ने बस हाथ उठा ही दिया था कि जाने कैसे जवान होती बेटी की लाज करके रुक गया और फिर लाली से पूरी तरह कट गया। न उसके सामने आता न ही उससे बात करता। उसके लिए वह सिर्फ़ सुन्नी की बेटी थी।

लाली भी तो अपने पिता से कहाँ बात करना चाहती थी। पिता का लाड़-दुलार, नाज़-नखरे उठाना ये सब उसके नसीब में कहाँ था। उसे तो याद आता कि कैसे जब वह खाना खा रही होती और किशोरी आ जाता तो उसे रसोई से उठ जाना पड़ता।

"मैं भी देखता हूँ कैसे पढ़ाती है तू इसे और आगे...। बड़ी आई कॉलेज भेजेगी...अरे इतनी बड़ी हो गई अब क्या ज़िन्दगी भर खाबाएँगे...। ब्याहेंगे नहीं तो क्या इने कलेक्टर बनाएँगे?" कुछ ही दिन तो बीते थे जब किशोरी ने सुन्नी को फिर मारा था कि वह लाली को बारहवीं के बाद और पढ़ाना चाहती थी, जबकि किशोरी उसके लिए कहीं से कोई रिश्ता ले आया था।

"हमको शादी नहीं करनी...और ज़बरदस्ती किए तो ज़हर खा लेंगे," जब किशोरी, सुन्नी पर हावी होने लगा था तो लाली ने मोर्चा सँभाला था।

"हाँ तो खा लेओ ज़हर...मरो तो प्राण छूटें...अपने साथ अपनी अम्मा को भी दे देना थोड़ा-सा...एक वारिस तो दे न सकीं," किशोरी ने जब कहा तो लाली बहुत देर तक सुन्नी से लिपटकर रोती रही थी। और सुन्नी ने फिर उसकी हिम्मत बँधा उसे लड़ने के लिए मना लिया था।

लाली को यकीन नहीं हो रहा था कि यह वही पिता है जो कुछ दिन पहले उसकी माँ को ज़हर खाकर मर जाने के लिए कहता था और आज जब वह सच में मर गई है तो उसकी मौत का मातम मना रहा है, आँसू बहा रहा है।

शाम तक सब अपने-अपने घर चले गए। शामियाना हट रहा था। किशोरी उन्हीं सब कामों में व्यस्त था और लाली उसे छुप-छुप कर देखे जा रही थी कि किसी तरह किशोरी के हाव-भाव से शायद वह पता लगा पाए कि आज उसने सुन्नी के लिए जो कहा, वह सच था या दिखावा।

थोड़ी देर बाद विमला की अन्दर से आवाज़ आई, "किशोरी, बाऊजी

तुझे बुला रहे हैं।''

''आया जीजी,'' कहकर किशोरी अपना उदास चेहरा लिए बाऊजी के पास पहुँच गया।

अन्दर आँगन में एक खाट पर बाऊजी बैठे हुए थे और साथ वाली खाट पर किशोरी। आँगन के बीच लगे हैंडपंप के पास रखे स्टूल पर विमला बैठी हुई थी। माहौल अब भी सुबह जैसा ही ग़मगीन था। कोई छाती भले न पीट रहा हो मगर दुःख सबके चेहरों पर पसरा हुआ था। लाली के तो आँसू अब तक थमे नहीं थे। बाऊजी की पुकार सुनकर वह भी अन्दर कमरे के दरवाज़े से सटके खड़ी हो गई और सर बाहर निकालकर सुनने की कोशिश करने लगी।

''देख किशोरी अब बहू तो रही नहीं, लाली भी 18 की हो गयी है और तू भी दिनभर दफ़्तर में रहता है,'' बाऊजी ने अपनी बात कहनी शुरू की। बाऊजी जानते थे कि लाली किवाड़ की ओट से सुन रही है, इसलिए आवाज़ ज़रा ऊँची रखकर कह रहे थे।

''बाऊजी अगर आप कहें और किशोरी हामी भरे तो लाली को मैं अपने साथ ले जा सकती हूँ मुझे इसमें कोई आपत्ति नहीं है,'' विमला ने बाऊजी की बात को काटते हुए कहा।

बाऊजी ने हाथ हिलाकर न का इशारा किया और अपनी बात आगे बढ़ाई।

''किशोरी मेरे हिसाब से तुझे अब लाली का ब्याह कर देना चाहिए, तू अकेला उसे सँभाल नहीं पायेगा और कल को कुछ ऊँच-नीच हो गई तो हम कहीं के न रहेंगे...अब लाली छोटी तो रही नहीं बालिग हो गयी है...इंटर पढ़ ही ली है...कोई भी अच्छा लड़का मिल जायेगा...मेरी बात मान तो जल्दी ही इसके हाथ पीले कर दे...। अभी कुछ दिन मैं यहाँ हूँ और विमला भी रुक जाएगी। तू कल से ही लड़का देखना शुरू कर दे, मैंने भी कुछ रिश्तेदारों को कहा है तो ये साल का चौमासा लगने से पहले उसके हाथ पीले कर उसे विदा कर देंगे।''

लाली दरवाज़े के पीछे से खड़ी होकर अपने भविष्य के लिए जारी हो रहा फ़रमान सुन रही थी। ये फ़रमान क्या थे उसके दिल में चुभते हुए काँटे थे। सुन्नी के रहते किसी की हिम्मत नहीं थी कि उसे आगे पढ़ने से रोकते। आज उसके जाते ही सब मनमानी पर उतर आए। अपनी मौन सुबकियों के साथ वो बमुश्किल अपने आँसू थामे खड़ी रही।

"तू चुप क्यों है किशोरी। कुछ तो बोल," बाऊजी ने किशोरी से डपटते हुए पूछा।

लाली की नज़रें भी किशोरी पर टिकी हुई थीं, क्योंकि आखिरी फ़ैसला तो उसी का था और उसे यकीन था कि किशोरी भी बाऊजी की बात में ही सहमति जताएगा। उसे पिछले दिनों घटी हर वह बात याद आ गई, जिसमें किशोरी ने सुन्नी से लाली की शादी के लिए झगड़ा किया था।

बाऊजी के दुबारा पूछने पर किशोरी वहाँ से उठकर चला गया। कमरे के भीतर जाते वक़्त उसकी नज़र लाली पर पड़ी। किशोरी ने लाली का हाथ पकड़ा और आँगन में ले आया।

लाली भय से काँप रही थी, उसे लग रहा था कि आज वह किशोरी के गुस्से का शिकार बनेगी। माँ के चले जाने के बाद वह कितनी अनाथ हो गई थी कि अपने ही पिता से बचकर भाग जाना चाहती थी। बाऊजी और विमला भी समझ नहीं पा रहे थे कि किशोरी क्या करने की कोशिश कर रहा है।

किशोरी ने एक पल को लाली की ओर देखा और फिर नज़रें झुकाकर हाथ जोड़कर लाली के सामने फूट-फूट कर रोने लगा, "मुझे माफ़ कर दे मेरी बच्ची...मुझे माफ़ कर दे...। मैं तेरा गुनहगार हूँ...मुझे जो चाहे सज़ा दे ले, लेकिन मुझे माफ़ कर दे..." रोते हुए किशोरी लाली का हाथ थामे रहा और लाली स्तब्ध-सी स्थिति को समझने की कोशिश करने लगी। 'तो क्या वाकई इन्हें माँ के चले जाने का दुःख है...मगर अब क्या फ़ायदा ऐसे दुःख का।' ख़याल आते ही लाली किशोरी का हाथ झिटक देना चाहती थी लेकिन चुपचाप खड़ी रही। और किशोरी बोलता रहा, "मैंने आज तक तुझे कुछ नहीं दिया...न प्यार न परवाह...तेरी माँ के साथ भी ज़्यादती की...उन्हीं गुनाहों की सज़ा है कि वो आज मुझे छोड़के चली गई जब मैं उससे माफ़ी माँगने आ रहा था।"

लाली अब भी स्तब्ध-सी अपने पिता को देख रही थी। अचानक ऐसा क्या हो गया कि उसका दानवी पिता अपने कुकर्मों की माफ़ी माँग रहा है।

"आप जानते हैं बाऊजी लाली, ने राज्य में टॉप किया है इंटर में...कैसे जानेंगे...। हमने कभी इसकी काबिलियत की तारीफ़ ही नहीं की...मेरे दफ़्तर वाले आकर मुझे बधाई देते हैं और कहते हैं कि मैंने इसकी अच्छी परवरिश की उसी का नतीजा है..." किशोरी फिर रोने लगा, "परवरिश तो सुन्नी ने की और

जब मैं उससे कहता कि आज उसकी बदौलत बाबू लोगों के सामने मेरा सर ऊँचा हुआ तो वो चली गई...''

वह रोता रहा और लाली का हाथ थामे आज तक की अपनी हर गलती को पाप समझकर उससे माफ़ी माँगता रहा। लाली भी पहले तो सकपकाई और फिर उसके गले लग गयी और चीख कर रोने लगी, जैसे सालों का छुपा दर्द आज बाहर निकाल देना चाहती हो, अब शायद उसे यकीन हो रहा था कि आज किशोरी ने सुन्नी के लिए जो भी कहा वो सच था दिखावा नहीं। थोड़ी देर तक दोनों एक-दूसरे के गले लगकर रोते रहे, बाप-बेटी को पहली बार इस तरह साथ देख विमला की भी आँखें भर आईं। यही तो वह कब से चाहती थी।

फिर किशोरी ने आँसू पोंछे और बाऊजी से कहा कि अभी लाली की शादी नहीं होगी वो आगे पढ़ेगी और पढ़ने बाहर जाएगी। अपने पैरों पर खड़ी होगी, यही सुन्नी की भी इच्छा थी, शायद ऐसा करने से सुन्नी मुझे माफ़ कर सके और मेरे पापों का प्रायश्चित हो सके। लाली एक बार फिर अपने पिता के गले लग गयी और रोने लगी, लेकिन इस बार आँसू शायद ख़ुशी के थे, अपने पिता को पाने की ख़ुशी।

आज अगर सुन्नी की रूह यह सब देख रही होगी तो उसे मुक्ति मिल गयी होगी और उसकी आत्मा को शांति।

बंद खिड़कियाँ

"कृपया दरवाज़ों से हटकर खड़े हों," एक और मेट्रो ने आकर मेरे सामने वही लाइन दोहराई। दरवाज़े खुले, फिर बंद हो गए। कुछ लोग चढ़े, कुछ उतरे लेकिन मैं...मैं इस बार भी अपने क़दमों को उठा नहीं पाई। मेरे मन और शरीर के बीच यह लड़ाई पिछले एक घंटे से जारी है।

घर छोड़ने के इरादे से मेट्रो-स्टेशन तक आने की हिम्मत तो मैंने कर ली लेकिन कुछ है जो मुझे रोक रहा है। उसी कुछ को ढूँढने की कोशिश मैं पिछले एक घंटे से कर रही हूँ। मैंने फिर एक बार अपने मोबाइल में दिल्ली से भोपाल की अपनी कन्फ़र्म टिकट देखी...अभी दो घंटे हैं ट्रेन छूटने में और मुझे खुद को हिम्मत देने के लिए भी।

मैं फिर अतीत के पन्ने टटोलने लगी हूँ। ऐसा क्या दिया है इस घर ने मुझे कि आज इसे छोड़कर जाने के लिए मेरे कदम नहीं उठ पा रहे हैं। 6 साल पहले अपनी शादी के बाद पहली बार आई थी मैं यहाँ—दिल्ली, लेकिन मेरे लिए दिल्ली कभी चाँदनी चौक, कनाट प्लेस, लाल किला या कुछ और नहीं थी बल्कि सिर्फ़ मेरी ससुराल थी। ऐसा भी नहीं था कि मैं कभी इन जगहों पर गई नहीं, लेकिन वहाँ भी सास का हमेशा साथ होना, नियम-क़ानून से चलना, अकेले एक मिनिट भी नहीं घूमना और किसी से बात नहीं करना, इन हिदायतों ने उन जगहों को मेरे लिए कभी घूमने की जगह नहीं बल्कि मेरी ससुराल ही बने रहने दिया। बीते सालों में मैं एक बार भी अकेले घर से बाहर निकली हूँ, मुझे याद नहीं। मुझ पर यहाँ किसी तरह का कोई अत्याचार नहीं होता था, लेकिन फिर भी मेरी आज़ाद ज़िन्दगी को अब सोने के पिंजरे में कैद कर दिया गया है, इसका एहसास मुझे पहली बार अपने नए घर में आते ही हो गया था।

"वरुण तुम्हें अटपटा नहीं लगता...हमारा इतना बड़ा घर है...फिर भी

कहीं से हवा–रौशनी आने की पर्याप्त जगह नहीं...इतना बंद क्यूँ बनवाया तुमने ये घर...न बालकनी...न खिड़कियाँ,'' शादी के कुछ दिन बाद ही अपने नए घर को पूरी तरह देखने के बाद मैंने वरुण से पूछा था।

''जितनी खिड़कियाँ, उतना पड़ोसियों की ताँका–झाँकी, धूल–मिट्टी और फिर ज़्यादा खिड़कियाँ मुझे और माँ को पसंद नहीं,'' उस दिन वरुण ने कहा था, बिना यह जाने कि मुझे खिड़कियाँ कितनी पसंद हैं।

यूँ तो घर में एक खिड़की थी। घर के पिछवाड़े में रसोई से सटे बरामदे से बाहर को झाँकती एक खिड़की। उस खिड़की से बाहर देखने मैं अक्सर नज़र चुराकर वक़्त निकाल लेती। खिड़की से लगी हुई थी सड़क और सड़क के उस पार फिर मकानों का रेला।

शहरों की गलियों में घर एक–दूसरे की पीठ–से–पीठ सटाकर ऐसे ठस्सम–ठस भरे रहते हैं जैसे किसी ट्रेन के जनरल डिब्बे में इंसानों का हुजूम भरा रहता है। इन मकानों को यदि कभी कहा जाए कि ''माँगो तुम्हें क्या चाहिए?'' तो ये एक आवाज़ में कहेंगे, ''साँस लेने को थोड़ी जगह।'' यह भी एक कारण है कि किसी दीवार पर मुझे यहाँ खिड़कियाँ दिखाई नहीं देतीं। खिड़कियाँ मकानों की आँखें ही तो होती हैं। इन मकानों की दीवारें आपस में इतनी सटी होती हैं कि मकानों को आँखों के बिना ही जीने की आदत हो जाती है।

मगर मुझे यह आदत नहीं थी। मुझे खिड़कियों से बाहर की दुनिया से राबता रखना अच्छा लगता था। यही कारण था कि मैं सास से नज़र चुराकर पिछवाड़े की खिड़की पर खड़ी हो जाती।

सड़क के उस पार सामने वाले घर के बाहर ही लगा है एक गुलमोहर का पेड़। सड़क पर बिखरे उसके फूल लूटने शाम के वक़्त कॉलोनी के बच्चों की होड़ लगती। सुबह उन्हीं बच्चों के लिए वो पेड़ स्कूल बस का अड्डा है और दोपहर में बच्चों को वापस लाने वाली बस का इंतज़ार करती माँओं के लिए छाँव का सहारा।

''क्या देखती हो इस खिड़की से?'' उन्होंने पूछा तो मैं चहक उठी थी।

''गुलमोहर का वो पेड़ देख रहे हैं...इसके लाल फूल...ये लाल रंग...कितना सुन्दर है ना,'' उनके सवाल पर मैंने चहकते हुए कहा था।

''तुम्हें गुलमोहर पसंद है?'' उन्होंने फिर पूछा।

"हाँ...बहुत...देखिए ना इसके आस-पास कितने बच्चे खेलते हैं...मैं भी अपने बच्चे को यहीं से स्कूल छोड़ने जाऊँगी..." मैंने उत्साहित हो एक सपने को सँवारते हुए कहा।

"क्या कर रही हो तुम यहाँ...और अकेले में किससे बातें कर रही हो," जब उन्होंने आकर डाँटा तो मैं एक असंभव सपने से बाहर आई थी। उन्हें कैसे कहती कि मम्मी जी मैं आपसे ही बातें कर रही थी। कैसे कहती कि मैंने अपने भीतर आपकी एक ऐसी छवि बना ली थी जो मेरे साथ हँसे-बोले, मुझसे मेरे सपनों के, मेरी खुशियों के बारे में पूछे, जो मुझे दुनिया से जुड़ने और बाहर झाँकने की इजाज़त दे...। सपने में ही सही मैं एक हिटलर सास से नहीं एक आज़ाद ख़याल माँ से बात कर रही थी। जब उनकी कर्कश आवाज़ कानों में पड़ी तो होश आया कि सपना टूट गया है, साथ ही चोरी भी पकड़ी गई है। शादी को बमुश्किल एक साल ही हुआ था तब।

"वरुण बेटा...वो पीछे वाली खिड़की बंद ही करा दे...बहुत धूल हो जाती है घर में...पीछे सड़क का काम चल रहा है...चलती रोड है...पूरा घर धूल-धूल हो जाता है," जिस शाम मेरी चोरी पकड़ी गई, उसी शाम मेरे सामने यह आदेश पारित किया गया था। जब मैंने इसके खिलाफ़ आवाज़ उठाई थी तो यह कहकर बहला दिया गया था, "अब से जब मन करे मम्मी के साथ शाम को छत पर टहल लेना।"

मगर मुझे ज़रूरत टहलने की नहीं खिड़की की ही थी यह कैसे समझाती। मेरे लिए इस घर में खिड़कियों की ज़रूरत इसलिए भी थी क्योंकि यहाँ दहलीज़ लाँघने से पहले इजाज़तों का दरिया लाँघना पड़ता है। तो शायद इस अनजान शहर से खुद को मैं खिड़कियों के सहारे ही जोड़ पाती। नए लोग देख पाती, नए दोस्त बना पाती, लेकिन धीरे-धीरे मुझे यह समझ आने लगा था कि अब खिड़की पर खड़े होकर ठंडी हवा के झोंकों के साथ चाय की चुस्की मायका है और रसोई में एग्जॉस्ट चलाकर सुबह के नाश्ते की तैयारी के बीच एक घूँट में चाय गटक लेना मेरी ससुराल।

"क्या कमी है तुम्हें इस घर में छवि? दो साल हो गए शादी को...लेकिन आज भी तुम्हारा यहाँ मन नहीं लगता। जब देखो तब घूमने चलो।" उस दिन पहली बार वरुण मुझ पर चिल्लाया था। मैंने अपनी कुछ सहेलियों के साथ मथुरा

जाने की इजाज़त माँगी थी।

"तुम्हारे लिए यह घर होगा वरुण, मेरे लिए यह जेल है," मेरी भी आवाज़ ऊँची हो गयी थी। "तुम तो पूरा दिन ऑफ़िस चले जाते हो। मैं इस घर में घुट जाती हूँ, न हवा आ-जा सकती है, न मैं कभी कहीं अकेले बाहर जा सकती हूँ, पूरा दिन कैदी की तरह पड़े रहो, नौकरों की निगरानी करो और टीवी देखो, यह भी कोई ज़िन्दगी है?"

"तो कैसी ज़िन्दगी चाहिए तुझे," कमरे से बाहर निकली हम दोनों की आवाज़ें सुनकर मेरी सास भी आ गयी थीं। "ऐसे ऐशो आराम को लड़कियाँ तरसती हैं, घर का कोई काम तुझे करना नहीं पड़ता, पूरा घर एयरकंडीशंड है, वरना दिल्ली की सर्दी-गर्मी में रहकर देख तो पता लगे और ले तो जाता है वरुण तुझे हर हफ़्ते घुमाने, शॉपिंग कराने, अकेले न मैं कभी घर के बाहर गयी न तुझे जाने की इजाज़त है, हमारे घर की बहू अकेले सड़कों पर डोलती फिरे ये किसी को नहीं सुहाएगा।"

"मम्मी वो मेरी पुरानी सहेलियाँ हैं, शादी के बाद वो भी यहीं रहती हैं...मैं अकेले नहीं जा रही हूँ,"..." कहते कहते मैं लगभग रो दी थी...

"अगले संडे को मैं और वरुण ले चलेंगे तुझे मथुरा," इतना कहकर मेरी सास दरवाज़ा बंद करके चली गईं। वो डिस्कशन मेरे और वरुण के बीच में भी वहीं हमेशा के लिए ख़त्म हो गया। लेकिन मेरा मन यह कहने के लिए मचलता रहा कि मुझे इतनी आराम पसंद ज़िन्दगी नहीं चाहिए। मैं चाहती हूँ कि अपने हाथों से अपने पति के लिए खाना बनाऊँ। चाहती हूँ कि कभी बाहर निकलूँ, अकेले घूमने जाऊँ, कभी-कभी नौकर न आने पर जब भी मैंने खाना बनाया तब मेरे खाने की तारीफ़ करने की जगह सबको घर के कुक की ही याद आई। एक नए स्वाद को वो चखना ही नहीं चाहते।

"ये तुमने क्या किया छवि," एक दिन जब मेरी सास के चिल्लाने की आवाज़ आई तो रसोई में तवे पर परांठा सेंकती मैं, बाहर भागी।

"क्या हुआ मम्मी," मैंने डरते हुए पूछा था।

"बाहर देख रही है...कितनी लू चल रही है...और तूने लॉन का गेट खोल दिया।"

"मैं परांठे सेंक रही थी और धुआँ पूरे घर में भर रहा था, इसलिए खोला

ताकि धुआँ बाहर निकल जाए।''

''तो चिमनी ऑन करना था...गँवार।''

उस दिन मुझे लगा कि जब इस घर में धुएँ को खिड़की–दरवाज़े से निकलने की आज़ादी नहीं तो मुझे खुद के लिए उम्मीद लगाना बेकार है। हाँ लेकिन अगर मैं अपने लिए भी कोई चिमनी ढूँढ पाऊँ तो।

स्क्रीन पर वरुण का नंबर फिर से चमकने लगा। पिछले दो घंटे में यह उसका बीसवाँ कॉल है। इसी बीच कुछ फ़ोन मेरे घरवालों के और कुछ उसके घरवालों के भी आ चुके हैं। कई सारे मैसेज भी अनरीड पड़े हैं। सब मुझे लेकर परेशान हो रहे हैं। पहली बार अकेले दिल्ली में घर से दो घंटे से गायब हूँ। मुझे लेकर सबकी परेशानी मेरे लिए हैरानी की बात नहीं है, लेकिन इस वक़्त फ़ोन उठाकर जवाब देना यानी अपनी आज़ादी के लिए मिलने वाला पहला और आख़िरी मौका गँवा देना है। मैंने फिर से कॉल साइलेंट किया और पर्स में डाला तो आँखों को फिर वही की–चेन दिख गया जो वरुण ने स्पेशियली मेरे लिए बनवाया था...

उस दिन सास घर में नहीं थीं। रात में मेरे साथ लॉन में घूमने की ड्यूटी वरुण को मिली थी। ड्यूटी इसलिए क्योंकि अपने ही घर के लॉन में घूमते वक़्त भी सास साथ होती थी। उस वक़्त मुझे न लॉन में खिले फूल, न हरी घास वह सुकून दे पाती जो मुझे एक आज़ाद अकेली साँस से चाहिए होता। मैं कई बार गेट तक जाती और सास की खुद पर टिकी नज़रें पाकर वापस घूम जाती। मुझे लगता कि लॉन के दरवाज़े पर खिंची लक्ष्मण रेखा के उस पार एक अलग ही दुनिया है। एक ऐसी दुनिया जो मुझे रोज़ पुकारती है, लेकिन मैं कभी उस तक पहुँच नहीं पाती। मैं हर रोज़ उस दरवाज़े को अकेले पार करने के नए बहाने ढूँढती, जिन्हें कभी सफलता नहीं मिलती। फिर कई सारी मैगज़ीन पढ़ने, घर के सामने वाले पार्क में सुबह–शाम माँओं को उनके छोटे बच्चों के साथ घूमता देखती या कभी दरवाज़े से दूध के पैकेट उठाते वक़्त, माँओं को बस स्टॉप पर बच्चों को स्कूल भेजते देखती तो मुझे लगने लगा था कि अब सिर्फ़ मेरा अपना बच्चा ही मुझे इस सोने के पिंजरे से बाहर निकाल पायेगा।

''वरुण...मैं सोच रही हूँ कि अब मैं बच्चे के लिए तैयार हूँ...क्या तुम..'' लॉन में घूमते वक़्त जब मैंने बहुत झिझकते हुए वरुण से यह बात कही

तो उसने ख़ुशी में मेरी बात पूरी होने से पहले ही कहा, "क्या कहा...। सच में," वह मेरे मुँह से एक बच्चे की ख्वाहिश सुनकर बहुत खुश हुआ था। शादी के एक साल बाद ही मेरी सास की पोते का मुँह देखने की इच्छा बढ़ने लगी थी, जबकि मैं 2-3 साल बच्चा नहीं चाहती थी। जिसकी वजह से वरुण, माँ और बीवी की इच्छाओं के बीच किसे वैल्यू दे किसे नहीं...समझ नहीं पाता था। कई बार अपनी झुँझलाहट मुझसे लड़कर निकालता था।

"हाँ, सच में...अब भीतर एक बच्चे की चाहत मचलती है," मैंने मुस्कुराकर कहा था।

"तो चलो...ले आते हैं," इतना कहकर वरुण अपनी ही बात पर हँसा था। और मैं नई नवेली दुल्हन की तरह शर्माकर वहाँ से चली गयी थी। उसके अगले दिन ही वरुण ने मुझे यह की-चेन लाकर दिया था। किसी ने बहुत ही करीने से लकड़ी को काटकर एक माँ की गोद में बच्चे की छोटी-सी मूर्ति बनायी थी, जिसे वरुण ने मेरे हाथों में दे दिया था, "कोई बड़ी मूर्ति लाता तो तुम उसे कमरे में रख देतीं...लेकिन इसे हमेशा अपने पास रखना।" उसने की-चेन के हुक को मेरी कमर में खोंसते हुए कहा था।

मुझे लगता था कि सिर्फ़ यह जानकर कि मैंने उनके पोते के लिए मन बना लिया है, मेरी सास मुझे कुछ पल अकेले खुली हवा खाने का मौका देंगी। लेकिन घर में मेरी सोच से बिलकुल उल्टा हो रहा था।

"अब जब तक गोद भर नहीं जाती, तब तक बाहर का खाने की ज़रूरत नहीं है...जाने क्या-क्या मिलावटी खाना आ रहा है आजकल। ये मैंने लॉन के गेट पर पर्दा डलवा दिया है। ताकि किसी आते-जाते की बुरी नज़र तुझ पर न पड़े। और अब से सुबह दूध का पैकेट भी वरुण उठा लिया करेगा...तू घर के बाहर मत जाना," उस वक़्त मुझे लगा था कि काश मैं ये बेड़ियाँ तोड़कर भाग जाऊँ और कह दूँ कि मुझे नहीं चाहिए इतनी परवाह। मुझे हवा खाने दो। धीरे-धीरे थोड़े बहुत काम जो मैं करती थी, वो भी बंद हो गए थे ताकि मैं सिर्फ़ आराम कर सकूँ।

एक नई नौकरानी रखी गई घर में। दो के बाद अब मुझे तीसरी की भी निगरानी करनी थी। मगर इस बार सुखद यह था कि इस नौकरानी की एक छोटी-सी बच्ची थी। नन्ही-सी उस बच्ची के आने से मेरा घर चहक उठा।

साँवले से रंग पर खिलती-सी मुस्कान। छोटी-छोटी सी फ्रॉक पहनकर वो पूरे घर में फुदकती रहती। अपनी माँ के आगे-पीछे जब वो 'मम्मी-मम्मी' कहती घूमती तो मेरा जी करता कि मैं भी जल्दी अपने बच्चे से 'मम्मी-मम्मी' सुनूँ। माँ बनने की चाहत मेरे दिल में और मज़बूत हो जाती।

वह जब सोकर उठती और ठुमक-ठुमक पायल बजाती, आँखें मलती, अपनी नन्ही बाँहों में अपनी माँ को भर लेती तो मेरा दिल भी उसे सीने से लगाने को मचल उठता।

"तुम्हें नौकरों के साथ रहना सिखाया नहीं गया था क्या मायके में," एक दिन सास ने फिर मेरी कमियों का पुलिंदा वरुण के दफ़्तर से लौटते ही उसके सामने खोल दिया था।

"अच्छा मैं भूल गई थी, तुम्हारे यहाँ नौकर नहीं था..." मैं कुछ कहती उससे पहले ही उन्होंने मुझे मेरी हैसियत दिखाते हुए कहा था। वे जब भी ऐसा करतीं, उनकी आँखों में मुझे मलिनता और घृणा दिखती, जैसे न जाने मैं क्यों और कहाँ से किसी के एहसानों के चलते इस घर में ला दी गई थी...वरुण ऐसे में कभी कुछ नहीं कहता। उस दिन भी वह चुपचाप टीवी का चैनल बदलते हुए माँ की बातें सुनता रहा।

"आज तुमने उसकी बेटी को गले लगाया है, कल वो ख़ुद तुम्हारे गले पड़ जाएगी...इन नौकरों पर इतनी ममता लुटाने की ज़रूरत नहीं है...अपने बच्चों के लिए सँभालकर रखो..." मैं बस चुपचाप सुनती जा रही थी और वे बोलती जा रही थीं। हमेशा यही तो होता था। उस दिन भी यही हुआ और उसके बाद लगातार होता रहा...

"ऐ बसंती इसे पीछे कमरे में ही रखा कर...जहाँ-तहाँ पेशाब करके गंदा करती है।"

"ऐ बसंती इसे थोड़े लच्छन सिखा, ऐसे बिस्तरों पर नहीं चढ़ते।"

"ऐ बसंती देख इसे रसोई में मत घुसाया कर...सब छू देती है।"

"ऐ बसंती देख इसने पूजा घर का बरतन जूठा कर दिया।"

वह बच्ची धीरे-धीरे उस घर के लिए अछूत बनती गई। एक बच्चे के लिए उनके भीतर इतनी कटुता थी, यह देखकर मैं सोचती कि क्या वे ऐसा ही मेरे बच्चे के साथ भी करेंगी, या फिर वह सब सिर्फ़ नौकर और मालिक के

बीच था। कोई बच्चा भी उनके लिए एक मासूम जान न होकर नौकर है। बच्चा भी अपना-पराया है, अमीर है गरीब है। यह देखकर मेरा दिल उस बच्ची को दुलारने के लिए और तड़प उठता। जैसे मैं उसे गोद में ले उनके द्वेष से दूर कर दूँ। उसे पुचकारूँ और उसकी माँ को इन बातों की वजह से जो तकलीफ़ होती हो उन पर मरहम लगा दूँ...वह बच्ची जब मेरी सास के लिए एक इन्सान न होकर नौकरानी के साथ का अनचाहा सामान समझी जाने लगी, तब मैंने पहली बार उस घर में कोई निर्णय अपनी मर्ज़ी से लिया था। छुपकर ही सही, मैंने बसंती को वह नौकरी छोड़ने के लिए मना लिया था और अपनी एक सहेली के घर उसे काम दिलवा दिया था।

बसंती चली गई और घर में एक बिना बच्चे वाली नौकरानी आ गई। अब मेरे पास न काम होता, न दिल बहलाने को कोई बच्चा। सिर्फ़ टीवी देखकर इन्सान कितने दिन खुश रह सकता है। तिस पर भी एक नई पहेली मिल गई थी, मेरी सास को बूझने के लिए।

हर थोड़े दिन में मुझसे पूछा जाने लगा, "कोई खुश-खबर।" मैं मुस्कुराकर न में सर हिलाने के अलावा कुछ नहीं कर पाती। धीरे-धीरे जब कुछ महीने बीत गए और मैं कोई खुशखबरी नहीं दे पाई तो हमें डॉक्टर के पास भेजा गया। हम दोनों के सभी टेस्ट होने के बाद डॉक्टर ने सिर्फ़ यही कहा कि, "हो जाएगा...कभी-कभी ऐज गेप की वजह से कन्सीव करने में वक़्त लगता है।"

डॉक्टर ज्योतिषी होता तो जानता कि हमारे लिए वह वक़्त शायद कभी आने वाला ही नहीं था। वक़्त के साथ-साथ मेरी उम्मीद भी मेरी गोद से फिसलने लगी थी। दिल्ली और भोपाल का शायद ही कोई ऐसा डॉक्टर हो जिसके पास हम नहीं गए थे, लेकिन कहीं से भी कोई ऐसा जवाब नहीं मिला जो मुझे ढाँढस बँधा सके। सभी यही कहते, "कहीं कोई कमी नहीं है...हो जाएगा।" लेकिन 'कब' कोई नहीं जानता था।

हम डॉक्टर्स की जगह बाबाओं और वैद्यों के पास जाने लगे। मैं जो अंधविश्वासों के सख्त खिलाफ़ थी, अब आँख बंद करके उन पर भरोसा करने लगी थी कि शायद कहीं कोई मेरी झोली भर दे। माँ बनने की ख़्वाहिश शायद सही-गलत का अंतर समझने की शक्ति को शून्य कर देती है, जिसका नतीजा था कि मैं हर उस चौखट पर माथा टेक कर आई, जहाँ से उम्मीद की कोई

किरण झाँकती दिखी। मैं इन्हीं जंजालों में उलझी रहती, अगर पिछले हफ़्ते मेरे हाथ उम्मीद से भरा वो कागज़ का टुकड़ा न लगा होता।

"ये क्या ढूँढ लायीं तुम?" वरुण ने सरोगेसी बेबी पर बेस्ड उस आर्टिकल को पढ़कर कहा था, "तुम्हें लगता है कि तुम खुद कभी माँ नहीं बन पाओगी?"

"ऐसी बात नहीं है वरुण, लेकिन 4 साल हो गए हैं। मैं अब और किसी डॉक्टर या बाबा के चक्कर में नहीं बैठी रह सकती। मुझे जल्दी-से-जल्दी अपना एक बच्चा चाहिए," मैंने अपनी तकलीफ़ उसे समझानी चाही थी।

"मुझे नहीं लगता कि माँ इस बात के लिए कभी राज़ी होंगी," वरुण ने कहा था।

"तुम चाहोगे तो सब मुमकिन है," मैंने कहा। मैं जानती थी कि वरुण भले अपनी माँ से डरता है, लेकिन शायद बच्चे के लिए वो अपनी माँ से ज़िद कर जाए। अगले दिन ही हमने मेरी सास से बात की थी।

"क्यूँ तू इस काबिल नहीं कि अपना बच्चा अपनी कोख़ में पाल सके?" सरोगेसी की बात सुनकर सास ने कोहराम मचा दिया, "घर में किसी और की औलाद नहीं आएगी बस...सुन लो तुम दोनों।"

"लेकिन माँ...वो किसी और का बच्चा नहीं रहेगा...वो हम दोनों का ही अंश होगा...बस जन्म किसी और की कोख़ से लेगा," वरुण ने मेरे पक्ष में दलील रखते हुए कहा था। मेरे सामने अपनी माँ के विरुद्ध यह उसकी पहली वकालत थी।

"तुम दोनों का अंश किसी और की कोख़ से? मेरी समझ से तो बाहर है। न जाने कैसी वो औरत होगी...न जाने कैसे उसके संस्कार होंगे...न जाने कैसे संस्कारों से वो उस बच्चे को पालेगी," मेरी सास ने इतने सारे सवाल वरुण के सामने रखे। फिर खुद ही जवाब देकर फ़ैसला सुना दिया था। "ये सरोगेसी की कहानी यहीं ख़त्म करो। अगर तुम दोनों के बस का नहीं तो रहने दो। मैं बिना पोते की शक्ल देखे ही मर जाऊँगी।"

उस दिन वरुण दोबारा अपनी माँ से कुछ कह नहीं पाया। शायद उसके मन में भी वही शंकाएँ थीं जो उसकी माँ के मन में। मैं हर रोज़ कोशिश करने लगी इन्टरनेट से कुछ ऐसे आर्टिकल्स ढूँढकर वरुण के बैग में रखने की जिन्हें पढ़कर वरुण सरोगेसी के लिए पॉज़िटिव सोचने लगे। वरुण पर धीरे ही सही उन

आर्टिकल्स का असर हुआ। एक हफ़्ते बाद कल रात उसने एक बार फिर माँ से बात की, ''माँ सरोगेसी बेबी अपना ही अंश होता है। आप जैसे चाहें उसे संस्कार दे सकती हैं। और फिर बच्चे के संस्कार तो परवरिश से बनते हैं...आप...''

''मैंने एक बार मना कर दिया ना...अगर किसी और की कोख़ से बच्चे की इतनी ही इच्छा है तो सिर्फ़ बच्चा ही क्यूँ एक माँ ही नई ले आते हैं,'' अपनी माँ के इस जवाब के आगे वरुण और कुछ नहीं कह पाया। और मैं...मैं अब कुछ कहना भी नहीं चाहती, बस यहाँ से जाना चाहती हूँ।

''हाँ मैं जाना चाहती हूँ...'' मैंने खुद को पूरा भरोसे में लिया और अब अगली मेट्रो का इंतज़ार कर रही हूँ। सोचा कि जाने से पहले वरुण को एक मैसेज छोड़ दूँ, मैंने फ़ोन उठाया और मैसेज टाइप करना शुरू किया।

''तुम आज़ाद हो अपनी ज़िन्दगी जीने के लिए। दूसरी शादी करके एक पिता बनने की ख़्वाहिश पूरी कर लेना। लेकिन मुझे ताउम्र इस बात की तकलीफ़ रहेगी कि कमी न होते हुए भी मुझे अपनी ज़िन्दगी को अधूरा छोड़ना पड़ रहा है।''

मैंने मैसेज टाइप किया, लेकिन भेज नहीं पायी। अपने ही मन की बात कहते-कहते मुझे समझ आया कि वो क्या है जो मुझे यहाँ से जाने से रोक रहा है। मैंने मैसेज डिलीट किया और वापस कदम घर की तरफ़ बढ़ा दिए।

''कहाँ थीं तुम...कितना परेशान हो गए थे हम सभी...'' घर पहुँची तो वरुण बाहर ही घूम रहा था।

''क्या समझ के रखा है तूने हम सबको...आज के बाद अगर।''

''आज के बाद मैं हर रोज़ अकेले घूमने जाऊँगी मम्मी...और अब इस घर का रेनोवेशन होगा...खिड़कियाँ बनेंगी...और मेन गेट पर मेरे लिए खींची गयी आपकी ये लक्ष्मण रेखा मैं पार कर चुकी हूँ,'' सास की डाँट को बीच में काटते ही मैंने शांत होकर मुस्कुराते हुए कहा। पहली बार अपनी बात को कटता देख मेरी सास हैरानी से कुछ देर चुप रहीं और मैंने अपनी बात जारी रखी, ''जब मुझमें कोई कमी ही नहीं तो मैं क्यूँ इस घर से जाऊँ।''

''तुम्हें इस घर से जाने को किसने कहा था छवि,'' वरुण ने कहा।

''कल रात जो हुआ उसके बाद सब कुछ कहना ज़रूरी नहीं था। तुम्हें लगता है कि इस बंद जेल में कोई रह सकता है? क्या तुमने कभी दिन-दिन

भर अकेले बिना कोई काम किये यहाँ रहकर देखा है? वरुण टीवी या नौकर वो सुकून नहीं दे पाते जो खुली हवा और मन की आज़ादी दे सकती है। मुझे एक बहू होने के नाते अपनी हदें पता हैं। लेकिन मैं अब इस घर को और जेल नहीं बने रहने दूँगी...मैं वही करूँगी जो मुझे मेरे लिए सही लगेगा।''

मैं बोल रही हूँ और मेरी सास आज पहली बार चुपचाप सुन रही हैं। मुझे भी नहीं पता कि आज कैसे मैं उनके सामने अपनी वे बातें कह पा रही हूँ जो मैं हमेशा से कहना चाहती थी। मैं खुश हूँ कि आज मुझे यह एहसास हुआ कि मैं कहाँ गलत थी। मेरे मन में खिंची वह लक्ष्मण रेखा ही वह असल रेखा थी, जिसे मुझे पार करने के लिए सिर्फ़ अपनी सही हदों को पहचानना ज़रूरी था। मैं बेवक़ूफ़ इतने साल इस घर की दहलीज़ को लक्ष्मण रेखा मानकर खुद को कैदी समझती रही।

❑❑❑